普通高等教育"十一五"规划教材

环境科学认识实习教程

尹秀英　钟宁宁　主编

HUANJING KEXUE

RENSHI SHIXI

JIAOCHENG

化学工业出版社

·北京·

本书以加深学生对课本上所学环境科学理论和知识的理解，提高学生理论联系实际、观察、分析和解决问题的能力，培养学生的创新精神为目的，以体现环境科学综合性的特点为原则，以在东营市建立的三个校企共建环境科学教学实习基地（分别与中国石化集团胜利油田管理局、山东黄河三角洲国家级自然保护区管理局和黄河水利委员会黄河河口研究院三家单位共建）的环境保护工作实践为素材，系统介绍了油气资源勘探开发、火力发电和石油石化企业、流域水资源开发利用及自然保护区（湿地）保护等领域的环境问题及环境保护工作的主要内容。全书共分七章，第一、二章介绍了环境科学认识实习的目的与意义、实习内容及实习基地概况；第三～六章分别介绍了油田环境保护、工业企业环境保护、流域环境保护和自然保护区环境保护的相关知识及每条实习路线的教学目标、教学内容、教学认知和教学要求；第七章介绍了实习报告编写要求和规范；附录部分为相关监测方法和有关环境保护管理条例、办法和法规等。

本书可用作高等院校环境类专业环境科学认识实习教材使用，也可供从事环境保护工作的人员参考。

图书在版编目（CIP）数据

环境科学认识实习教程/尹秀英，钟宁宁主编.—北京：
化学工业出版社，2010.12
普通高等教育"十一五"规划教材
ISBN 978-7-122-10276-8

Ⅰ．环… Ⅱ．①尹…②钟… Ⅲ．环境科学-高等学
校-教材 Ⅳ．X

中国版本图书馆 CIP 数据核字（2010）第 262847 号

责任编辑：满悦芝　　　　　　　　装帧设计：史利平
责任校对：陈　静

出版发行：化学工业出版社（北京市东城区青年湖南街 13 号　邮政编码 100011）
印　　装：大厂聚鑫印刷有限责任公司
787mm×1092mm　1/16　印张 8¼　字数 190 千字　2010 年 12 月北京第 1 版第 1 次印刷

购书咨询：010-64518888(传真：010-64519686)　　售后服务：010-64518899
网　　址：http://www.cip.com.cn
凡购买本书，如有缺损质量问题，本社销售中心负责调换。

定　　价：28.00 元

《环境科学认识实习教程》编写人员

主　　编　尹秀英　钟宁宁

编写人员　（按姓氏笔画排序）

王志强　尹秀英　由宝宏　任华玉　刘月良

闫毓霞　孙文升　张强斌　郑　锴　钟宁宁

高　鹏　程义吉　曾　勇

前言

　　环境科学专业实践教学体系包括课程实验、实习实践、社会实践、毕业设计/论文及创新性科研训练等，其中实习实践是环境科学专业实践教学体系中的重要组成部分。环境科学专业实习实践通常又包括环境科学认识实习、教学（综合）实习、专业（生产）实习及毕业实习等，本书即为环境科学专业"环境科学认识实习"而编写的实习教材。

　　2002 年，中国石油大学（北京）创建环境科学本科专业，各项专业建设工作全面展开，实习实践教学是一项重要的建设内容。在校级教学改革项目"石油大学（北京）环境科学专业实习实践教学体系构建（2003～2005）"和北京市高等学校教育教学改革项目"能源系统高校环境科学本科专业环境科学认识实习及校外实习基地建设"（2005～2008）的支持下，2005 年，课题组成功在东营与中国石化集团胜利油田管理局、山东黄河三角洲国家级自然保护区管理局和黄河水利委员会黄河河口研究院三家单位共建了"中国石油大学（北京）环境科学教学实习基地"，并编写了与实习基地配套的《东营环境科学认识实习指导书》（校内教材）。该校内教材在 2005 年使用一年后，于 2006 年进行了第一次修编，并于 2007 年申报校级教材建设教学改革项目，获得资助，2008 年完成第二次修编，同时，教材更名为《东营环境科学认识实习教程》。本书是在对《东营环境科学认识实习教程》修编的基础上完成的。

　　本书的主要特色为以下几点。

　　(1) 内容上具有综合性的特点。本书内容丰富，涉及的研究领域既有资源开发（油气资源、流域水资源等）与环境保护方面的内容，也有工业企业（石油加工炼制及火力发电业）环境污染与防治方面的内容；涉及的环境问题既有以自然因素为主导致的原生环境问题，如流域洪涝灾害问题，也有人为因素为主导致的环境污染和生态破坏次生环境问题，如大气污染、水污染、土壤污染、固体废物污染、噪声干扰、植被破坏、湿地退化、生物多样性破坏等，丰富的内容体现了环境科学学科综合性的特点。

　　(2) 适用对象上具有普适性和针对性的特点。内容上具有综合性的特点决定了本教材在适用对象上具有普适性的特点，即适用于所有院校环境类专业环境科学认识实习使用。同时，石油工业环境保护作为教材的重要内容之一，在体现能源院校环境科学专业的办学特色和优势上又具有针对性的特点。

　　(3) 实用性强。体现在以下三方面：①在第三～六章（主要实习内容）中，每章都编排了相关知识和实习考察路线两部分内容。相关知识部分主要是简洁、系统地介绍与实习内容密切相关的有关知识，属于知识扩展内容，如第三章中的"石油勘探开发的生产工艺"，第四章中的"火力发电相关知识"、"石油炼制工艺"，第五章中的"流域环境问题及其产生原因"、"黄河河口河道治理"，第六章中的"中国自然保护区现状"、"中国湿地现状"等；实习考察路线部分，在每条实习路线介绍前，都给出了该考察路线的教学目标、教学内容、教学认识和教学要求。学生只要认真预习，便能轻松且目标明确地完成实习任务。②基于环境监测知识对学生来说还是新的知识点，本书汇编了实习中涉及的监测方法，并以附录的形式附在教材的后面，便于学生学习掌握。③第七章实习报告编写部分，介绍了实习报告的构成及编写要求，对学生规范地完成实习报告具有重要的指导意义。

本书由尹秀英、钟宁宁主编，具体分工如下：第一章由尹秀英和张强斌编写；第二章和附录部分由曾勇编写；第三章由钟宁宁、闫毓霞、王志强、高鹏和孙文升编写；第四章由尹秀英、钟宁宁、郑锴和任华玉编写；第五章由尹秀英、程义吉和由宝宏编写；第六章由尹秀英和刘月良编写；第七章由尹秀英和钟宁宁编写。

限于编者水平，敬请读者对本书中的不妥之处予以指正。

编者
2010 年 11 月

目 录

第一章 绪论 1

    一、环境科学认识实习的目的与意义 1

    二、环境科学认识实习的内容及路线 1

    三、实习方式及安排 2

    四、实习考核 2

    五、科学考察的基本方法 3

第二章 东营市概况 6

    第一节 自然环境概况 6

    一、地理位置 6

    二、气候与气象 6

    三、水文 7

    四、地质与地貌 7

    五、自然资源 8

    第二节 社会经济概况 9

    一、行政区划 9

    二、人口民族 9

    三、经济发展 9

    四、交通通信 10

    五、教科文卫 11

    六、社会生活 11

第三章 油田环境保护 12

    第一节 石油勘探开发的生产工艺 12

    一、物探 12

    二、钻井 12

    三、测井 13

    四、井下作业 13

    五、采油 14

六、集输 …………………………………………………………… 14

第二节 石油勘探开发中的环境问题与防治 …………………………… 15

一、物探中的环境问题及其防治 ……………………………………… 15

二、钻井过程中的环境问题及其防治 ………………………………… 16

三、测井过程中的环境问题及其防治 ………………………………… 19

四、井下作业过程中的环境问题及其防治 …………………………… 19

五、采油过程中的环境问题及其防治 ………………………………… 21

六、集输过程中的环境问题及其防治 ………………………………… 24

第三节 胜利油田环境保护实地考察 ………………………………… 25

一、胜利油田概况 ……………………………………………………… 25

二、胜利油田环境保护 ………………………………………………… 26

三、考察路线 …………………………………………………………… 28

路线1. 胜利油田科技展览中心 ……………………………………… 28

路线2. 胜利油田环境监测总站 ……………………………………… 29

路线3. 钻井现场 ……………………………………………………… 30

路线4. 井下作业现场 ………………………………………………… 31

路线5. 胜利油田桩西采油厂污水处理厂 …………………………… 31

第四章 工业企业环境保护　　37

第一节 火力发电业的环境保护 ……………………………………… 37

一、火力发电相关知识 ………………………………………………… 37

二、火力发电的环境问题与防治 ……………………………………… 38

第二节 石油化学工业的环境保护 …………………………………… 42

一、石油化学工业的含义 ……………………………………………… 42

二、主要炼油工艺 ……………………………………………………… 42

三、石油炼制业的环境问题与防治 …………………………………… 43

第三节 工业企业环境保护实地考察 ………………………………… 45

路线6. 胜利发电厂 …………………………………………………… 45

路线7. 胜利油田石化总厂 …………………………………………… 53

第五章 流域环境保护　　60

第一节 流域与流域环境问题 ………………………………………… 60

一、流域概念 …………………………………………………………… 60

二、流域环境问题及产生的原因 ……………………………………… 60

第二节 黄河流域概况 ………………………………………………… 61

一、流域自然概况 ················· 61

二、流域洪水 ··················· 63

三、流域水资源开发利用现状 ·········· 64

四、黄河河口河道治理 ············· 67

第三节　黄河河口实地考察 ············· 69

路线 8-1. 黄河河口防洪、引黄兴利工程 ····· 70

路线 8-2. 利津水文站 ·············· 74

第六章　自然保护区保护　　76

第一节　自然保护区概述 ··············· 76

一、自然保护区的概念与类型 ·········· 76

二、自然保护区的结构与功能 ·········· 78

三、中国自然保护区概况 ············· 79

第二节　湿地概述 ················· 80

一、湿地的概念与类型 ············· 80

二、湿地的效益 ················· 82

三、中国湿地现状 ················ 83

第三节　黄河三角洲国家级自然保护区实地考察 ···· 85

路线 9-1. 黄河口湿地博物馆 ·········· 85

路线 9-2. 黄河三角洲国家级自然保护区 ····· 86

第七章　实习报告的编写　　92

第一节　实习报告的编写要求 ············· 92

一、实习报告的构成 ··············· 92

二、实习报告的编写要求 ············· 92

第二节　实习报告的编写规范 ············· 93

一、前置部分 ·················· 93

二、主体部分 ·················· 93

三、附录 ···················· 96

四、结尾部分 ·················· 96

附录 I　河流水温的监测　　97

附录 II　水质指标 pH 监测　　98

附录 Ⅲ　噪声监测　　　　　　　　　　　　　　　　　　　　　　100

附录Ⅳ　GPS 使用方法　　　　　　　　　　　　　　　　　　　104

附录 Ⅴ　中华人民共和国自然保护区条例　　　　　　　　　107

附录Ⅵ　黄河河口管理办法　　　　　　　　　　　　　　　　112

附录Ⅶ　拉姆萨尔湿地公约　　　　　　　　　　　　　　　　116

参考文献　　　　　　　　　　　　　　　　　　　　　　　　119

第一章

绪 论

一、环境科学认识实习的目的与意义

环境科学认识实习是环境科学专业进行的首次系统的、综合性的实习实践教学环节，安排在第一学年后的第一短学期，时间为2周。该实习教学是在学生学习完环境学基础（或环境学原理、环境科学概论）这门专业基础核心课程后进行的一次实践训练，是一个非常重要的实习实践环节。

环境科学认识实习的教学目的是：

① 使学生在实践中了解人类环境的组成，认识人类社会经济活动对环境的影响及环境变化对人类生存与发展的影响，深刻体会人类与其环境之间既对立又统一的的关系及环境保护的重要性。

② 使学生对环境问题的产生原因、实质、危害及其防治等有深刻的理解和全面的认识。

③ 增强和加深学生对所学环境科学基本知识的感性认识和理解，提高对环境科学学科性质的认识，激发学生学习的积极性、主动性和责任感。

④ 培养学生发现、思考、分析、归纳、综合、解决问题的能力和理论联系实际的能力。

⑤ 使学生初步学会和掌握收集资料、采集信息、归纳整理和分析资料等科学研究的基本方法，接受规范性编写实习报告的严格训练。

环境科学认识实习的意义在于使学生们第一次从专业的角度认识和了解人类的环境，明了环境科学要解决的问题和环境科学工作者肩负的重要使命，使其在今后的学习中更有目的性、针对性和责任感，也为后续专业课的学习和高年级的专业实习、毕业实习（毕业论文）奠定良好的基础。

二、环境科学认识实习的内容及路线

1. 实习内容

环境科学认识实习的内容主要包括以下几方面。

（1）油田环境保护　以胜利油田为考察对象，重点了解石油勘探开发中钻井、井下作业和采油等工艺过程所产生环境问题及防治措施。

（2）工业企业环境保护　以胜利发电厂和胜利油田石化总厂为考察对象，了解火力发电和石油炼制业生产过程中的"三废"排放、治理及企业环境管理等。

（3）流域环境保护　以黄河流域（东营境内）水资源开发利用与保护为主要考察内容，了解流域的主要环境问题及产生原因、黄河口河道演变及其原因、河道治理及防洪工程体系建设和流域水文监测等。

（4）自然保护区保护 以黄河三角洲国家级自然保护区湿地保护为考察对象，了解自然保护区类型、结构功能划分与保护，湿地类型、功能、退化原因及保护措施，油田开发与自然保护区保护的关系等。

（5）相关环境监测教学环节 主要有水温测定，水的 pH 测定，噪声测定，GPS 定位。

2. 实习路线

为完成上述内容，确定以下 9 条实习路线。

（1）胜利油田科技展览中心；

（2）胜利油田环境监测站；

（3）钻井现场；

（4）井下作业现场；

（5）胜利油田桩西采油厂污水处理厂；

（6）胜利发电厂；

（7）胜利油田石化总厂；

（8）黄河东营段水利工程及利津水文站；

（9）黄河三角洲国家级自然保护区及黄河口湿地博物馆。

三、实习方式及安排

1. 实习方式

（1）统一组织 环境科学认识实习由学校统一组织，学生在教师的带领和指导下，到实习基地进行现场考察、实地调研、采集信息、归纳总结和提高认识。在这一过程中，教师主要运用启发、诱导的教学方法帮助学生发现、提出、思考和认识问题，培养学生理论联系实际和综合分析、解决问题的能力。

（2）分组进行 为了培养学生的团队合作精神，按每组 8～10 人规模，将学生划分为若干个小组，设小组长 1 人，并以小组为单位完成实习中涉及的环境监测内容的实习任务及开展相关讨论。

2. 实习安排

环境科学认识实习共计 2 周，分以下三个阶段进行。

（1）准备阶段 时间为 2 天，在校内进行。召开实习动员会：宣布实习计划，使学生明确实习的目的、内容和要求，作好实习的准备；划分实习小组；室内讲课：全面、系统地介绍实习内容及实习中涉及的环境监测仪器的使用。

（2）现场实习阶段 时间为 8 天，在东营实习基地进行，现场考察路线 9 条。要求学生现场考察期间，做好考察记录，以小组为单位进行相应的环境监测；晚上回到驻地，整理考察记录，完成"实习日志"。

（3）实习总结阶段 时间为 4 天，在校内进行。全面总结实习内容，完成实习报告；进行实习考核，并根据实习成绩开展评优工作，评选优秀实习生。

四、实习考核

1. 实习考核指标

考核是评估实习教学效果不可缺少的重要环节。考核指标的确定应以综合考察学生在实习过程中的表现、知识的掌握情况及应用能力、考察记录情况、实习日志及实习报告的完成情况等方面。考核指标及考察的主要内容见表1-1。

表 1-1　考核指标及考察的主要内容

考核指标	考 察 内 容
实习表现	实习态度、出勤纪律情况、学习主动性、动手操作情况、团队合作精神
考察记录	记录是否全面、工整程度、预习情况
实习日志	知识的掌握程度，是否形成自己的认识，理论联系实际、思考、分析、归纳、总结问题的能力
实习报告	内容是否全面、表述是否准确、编写结构的合理性，理论联系实际、逻辑思维、归纳、总结问题的能力，编写格式的规范性

实习表现主要考察学生在实习全过程中的表现，包括实习态度是否认真、是否遵守实习纪律、出勤情况、学习的主动性、动手操作能力和团队合作精神等。

考察记录主要是学生在现场考察过程中对所观察到的事物、观测的结果、教师讲解的知识以及所获得的感性认识或疑问等的一种真实记录。为了使学生明确考察目的和任务，要求学生在考察前预习相关知识，并记录以下内容：考察路线、日期、时间、教学目标、教学内容、教学认识、教学要求。对考察记录的考察关注点主要是记录是否全面、工整程度如何及其是否进行了相关知识的预习等。

实习日志是学生每天实习结束后，对当天的实习内容进行概括总结、形成认识的一项成果。现场考察中，基于时间和条件的限制，学生对所见所闻还不能完全形成自己对问题的系统认识，做到这一点，需要学生对所见所闻有一个思考、总结、归纳的过程，写实习日志正是实现这一目的的手段。为此，实习日志的考察关注点除了有对考察事物的客观描述外，还应有自己的分析、见解和所形成的认识，同时，实习日志也能很好地反映学生理论联系实际、思考、分析、归纳、总结问题的能力。每篇日志字数以800字左右为宜。

实习报告是对实习中见到的各种现象加以综合、分析和概括，并用简练流畅的文字表达出来的一项成果。编写实习报告是对实习内容的系统化、巩固和提高的过程。实习报告是在实习总结阶段完成的，作为学生的重要实习成果之一，实习报告是考核的重点。实习报告的编写要求详见第七章，在此不再赘述。考察的关注点是内容全面性、表述准确性、结构合理性、层次清晰性、是否图文并茂、格式规范性；理论联系实际、逻辑思维、归纳、总结问题的能力。实习报告的字数以10000字左右为宜。

2. 考核评分及评优

（1）考核指标分值　实习成绩采用百分制，各项考核指标分值见表1-2。

表 1-2　考核指标分值

考核指标	实习表现	考察记录	实习日志	实习报告
分值	10分	20分	30分	40分

（2）评优　为鼓励学生认真完成实习任务，对综合实习成绩90分以上者授予"优秀实习生"称号。

五、科学考察的基本方法

人类的活动是做着两件事，一是认识世界，二是改造世界。科学研究的主要任务是揭示自然规律，认识世界。科学研究往往是从科学考察和调研获得感性材料开始，经过实验、逻辑思维等加工概括，形成科学假说，再经过反复检验，上升为一般规律或科学原理，这是人们认识世界的大体过程。这个过程从认识论体系看是感性-知性-理性，从逻辑学体系看是具体-抽象-具体。因此科学研究的过程，也就是获得科学事实-整理科学事实-建立科学理论体系的过程。

获得科学事实，就是直接与客观对象打交道，通过科学考察和调研（包括实地考察、调查研究、文献检索）、实验等手段，尽可能搜集研究对象的各种材料。整理科学事实，就是以感性材料为对象，通过逻辑学里常用的归纳、演绎、分析、综合、比较、分类等方法对感性材料进行抽象认识。

（一）科学考察和调研的特点及基本原则

选定了科学研究的课题以后，在分析问题、解决问题的过程中，首要的就是得到有关这个课题的科学材料、科学事实。获取科学材料和科学事实，通常是从科学考察和调研开始。

考察和调研，作为一种感知活动，一种认识方法，在人们的一切实践领域里都有广泛的适用性。生产劳动、科学研究、新闻采访、社会调查、军事侦察、文艺创作等都离不开考察和调研。考察和调研，作为一种方法应用于科学研究就是科学考察和调研。人们通过科学考察和调研，获得对客观事物的直接知识，从而为课题的研究提供科学的事实，其特点是：a. 多维性。综合利用各种手段，对研究对象进行全面了解。因为客观事物及其变化不是单一的，而是各种因素综合表现着的，而且是联系着的，只有对各种因素全面了解了，才能确定科学考察结果的真实性，才能更加符合实际。b. 科学考察和调研必须在自然发生的条件下进行。c. 科学考察和调研有明确的目的性和计划性。

正确地进行科学考察和调研，以求得研究的成功，必须遵循科学考察和调研的基本原则。a. 客观性原则：科学考察和调研的客观性要求人们在考察和调研过程中避免主观臆造，按自然界本来的面目来看自然界，以便获得真实的科学材料。科学考察和调研应坚持以科学事实为根据的原则。这是对自然科学技术工作者的基本要求，采取实事求是的态度，按照自然事物的本来面目去考察它，认识它，而不能凭主观愿望去代替科学事实。在进行科学考察的过程中，除了用感官之外，要尽量借助于各种物质手段，采取随机取样等方法，对所观察到的材料进行反复核对。科学考察要以科学事实为根据，获得真实的考察资料。b. 整体性原则：考察和调研的整体性原则实际上是从客观性原则中引申出来的。我们既然要坚持考察和调研的客观性原则，就应服从自然界的一般规律。自然科学的不断发展已向我们展示了自然界的物质统一性，展示了自然界的系统性、普遍联系的特征。因此，在考察和调研过程中，必须坚持整体性原则，才能真正了解研究对象的本质，增强科学考察的有效性。这一原则主张把考察对象始终作为一个有机联系的整体，从对象本身所具有的各个方面、各种联系上来考察它。整体性原则要求我们在考察和调研的过程中，首先要处理好整体与层次的关系。正确处理这一关系，主要是为了确定认识对象的考察和调研范围。其次，要处理好整体与部分的关系。只有从整体上考察一个事物，才能客观地反映这个事物。然而，人们又不可能一下子从整体上把握事物的本质。这样，把事物分成不同的部分，分别考察就成了科学考察中必不可少的手段。事实上，对部分的认识，能够在一定程度上把握事物的整体规律，因为整体的性质也能在一定程度上通过部分表现出来。

（二）科学考察和调研的基本方法

为确保科学考察和调研的有效性，提高科学考察和调研的效果，达到考察和调研的目的，事先一定要做好计划。

① 进行科学考察和调研要有明确的任务和目的。为什么要进行考察和调研？考察和调研什么？怎样进行考察和调研？事先要清楚、明确，做到心中有数，使整个科学考察和调研工作有明确的目标，这样才能集中精力和时间去考察和调研主要的部分和中心部分。否则，就可能陷入盲目性，影响考察和调研的效果，甚至失败。

② 在进行科学考察和调研之前，要做好各项准备工作。包括：制订周密的考察和调研计划，确定具体的考察和调研方法，熟悉所要考察和调研的事物或现象的有关知识，围绕课题广泛地和深入地搜集资料，选择恰当的考察和调研时机和所用的仪器、设备及其他物质条件，确定参加的人员以及明确每个人的具体考察和调研任务，熟悉所要使用的仪器、设备的性能和特点及使用方法等。

③ 在进行科学考察和调研的时候，不但要用眼睛看、耳听、鼻嗅和动手，并且还要不断地提高运用仪器观察的技术，提高考察效果。

④ 进行科学考察和调研要循序渐进。因为科学考察和调研是借助于自己已有的科学知识水平和经验的丰富程度，考察和调研的深度和广度与考察和调研者本人已有的科学知识和经验有密切关系。要努力扩大自己的知识基础和积累考察和调研经验，这不是短时间所能办到的。因此，进行科学观察不能操之过急，必须循序渐进。

⑤ 进行科学考察和调研必须用科学的理论作指导。进行各项研究工作，做任何事情，都要以已有的科学理论为指导，进行科学考察和调研也不例外。只有以科学理论为指导去考察和调研，才能够增强自觉性，减少盲目性，减少对有意义现象的忽视。

⑥ 要把科学考察和调研与积极的逻辑理论思维结合起来。在具体的考察和调研实践中，不但要仔细地看、听、嗅、摸等，并且要勤于动脑，善于思考。在科学考察和调研中，要是能够多动脑思考，能够收到较好的考察和调研效果。

⑦ 要做好考察和调研的详细记录，保持所获资料的客观性。做考察和调研记录，要用规范的术语、约定的符号、标准的计量单位，并借助绘图、摄影等手段，把考察和调研的结果详细记录下来。

第二章

东营市概况

第一节　自然环境概况

一、地理位置

东营市位于山东省北部黄河入海口三角洲地区，地理坐标为东经 118°07′～119°10′，北纬 36°55′～38°10′。东、北临渤海，西与滨州地区毗邻，南与淄博、潍坊接壤。南北狭长，最大纵距 123km；东西较窄，最大横距 74km，总面积 7923km² （图 2-1）。

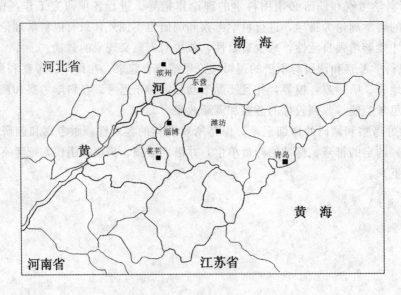

图 2-1　东营市位置示意图

二、气候与气象

东营市位于暖温带半湿润地区，属大陆性季风气候，雨热同季，四季分明。春季干旱多风，常发生春旱；夏季炎热多雨，温高湿大；秋季雨水骤减，天高气爽；冬季雨雪稀少，多刮北风和西北风。

东营市多年平均气温 12.5℃，无霜期长达 206d，≥10℃的积温约为 4300℃，可满足农作物的两年三熟。年降水量 550～600mm，多集中在夏季，7～8 月降水量约占全年降水量的一半，且多暴雨；降水量年际变化大，易形成旱涝灾害。

三、水文

（一）河流

全市共有大小河流 25 条。过境河流除黄河外，较长的有支脉河、小清河、淄河、阳河、裙带河、渑水河、泥河和潮河等。境内排涝河道控制面积在 100km² 以上的有 12 条；黄河以北有马新河、沾利河、草桥沟、挑河、草桥沟东干流、褚官河、太平河，前 5 条独流入海，后 2 条汇入潮河；黄河以南有小岛河、三排沟、永丰河、溢洪河和广利河，皆独流入海。

黄河东营段上起滨州界，自西南向东北贯穿东营市全境，在垦利县东北部注入渤海，全长 138km。黄河水径流量年际变化大，年内分配不均，含沙量大。

（二）海域

东营市海岸线北起套尔河口，南至淄脉沟口，全长 350.34km，约占山东省海岸线的 1/9。"0" m 至岸线滩涂面积 10.19×10⁴ hm²，—10m 等深线以内浅海面积 4800km²。沿岸海底较为平坦，浅海底质泥质粉砂占 77.8%，沙质粉砂占 22.2%。海水透明度为 32～55cm。海水温度、盐度受大陆气候和黄河径流的影响较大，冬季沿岸有 3 个月冰期，海水流冰范围为 5～10 海里（1 海里＝1852 米），盐度在 30‰左右；春季海水温度为 12～20℃，盐度多为 22‰～31‰；夏季海水温度为 24～28℃，盐度为 21‰～30‰；黄河入海口附近常年存在低温低盐水舌。

东营海域为半封闭型，大部岸段的潮汐属不规则半日潮，每日 2 次，每日出现的高低潮差一般为 0.2～2m，大潮多发生于 3～4 月和 7～11 月，潮位最高超过 5m。易发生风暴潮灾，近百年来发生潮位高于 3.5m 的风暴潮灾 7 次。近海在黄河及其他河流作用下，含盐度低，含氧量高，有机质多，饵料丰富，适宜多种鱼虾类索饵、繁殖、洄游。

四、地质与地貌

（一）地质

东营市地处华北坳陷区的济阳坳陷东端，地层自老至新有太古界泰山岩群，古生界寒武系、奥陶系、石炭系和二叠系，中生界侏罗系、白垩系，新生界第三系、第四系；缺失元古界，古生界上奥陶统、志留系、泥盆系、下古炭系及中生界三叠系。凹陷和凸起自北而南主要有埕子口凸起（东端）、车镇凹陷（东部）、义和庄凸起（东部）、沾化凹陷（东部）、陈家庄凸起、东营凹陷（东半部）和广饶凸起（部分）等。

（二）地貌

地势沿黄河走向自西南向东北倾斜。西南部最高高程为 28m，东北部最低高程为 1m，自然比降为 1/8000～1/12000；西部最高高程为 11m，东部最低高程为 1m，自然比降为 1/7000。黄河穿境而过，背河方向近河高、远河低，背河自然比降为 1/7000，河滩地高于背河地 2～4m，形成"地上悬河"。全市微地貌有 5 种类型（表 2-1）。

表 2-1　东营市地貌类型

地貌类型	占全市总面积/%	分　布
古河滩高地	4.15	黄河决口扇面上游
河滩高地	3.58	黄河河道至大堤之间
微斜平地	54.54	岗、洼过渡地带
浅平洼地	10.68	小清河以南主要分布于古河滩高地之间,小清河以北主要分布于微斜平地之中、缓岗之间和黄河故道低洼处
海滩地	27.05	与海岸线平行,呈带状分布

五、自然资源

(一) 土地资源

全市土地总面积 $79.23 \times 10^4 hm^2$,人均占有土地 $0.46hm^2$,是山东省人均占有土地的 2.6 倍。其中耕地、园地、林地、牧草地及水域共 $54.73 \times 10^4 hm^2$,占总面积的 69.08%;居民点、工矿及交通用地 $7.1 \times 10^4 hm^2$,占总面积的 8.96%;未利用土地 $17.4 \times 10^4 hm^2$,占总面积的 21.96%。1855~1985 年,黄河平均每年淤地造陆 $20~26km^2$;1985 年后,因黄河来水量减少,造陆速度趋缓。

(二) 水资源

东营市多年平均水资源总量 $5.32 \times 10^8 m^3$,人均水资源占有量约为 $314m^3$。历年平均降水产生的地表水径流量为 $4.48 \times 10^8 m^3$,多集中在夏季,大部分排入海洋,利用率较低。地下水资源量为 $0.88 \times 10^8 m^3$,主要分布在小清河以南地区,其北为咸水区。黄河是境内主要客水水源,多年平均径流量为 $369 \times 10^8 m^3$,1950~1998 年,利津水文站年径流量平均为 $352 \times 10^8 m^3$,年际间丰枯变化较大,一年之内水量分布不均,多年平均流量为 $1264m^3/s$。小清河多年平均入境径流量为 $7.7 \times 10^8 m^3$,支脉河、淄河等河流入境可利用水量约有 $5.21 \times 10^8 m^3$。

(三) 矿产资源

东营市矿产资源丰富,已发现石油、天然气、地热、地下卤水、岩盐、矿泉水、贝壳矿、地下淡水、砖瓦用黏土、油页岩、煤、石膏、伴生碘、溴和锂共 15 种矿产,占全省已发现矿种 (150 种) 的 10%。其中,已查明资源储量的矿产 8 种,已发现但尚未查明资源储量或仅有简测资源量的矿产 7 种。已发现的 15 种矿产中除煤、油页岩、岩盐、石膏因埋藏较深,尚未开采外,其他矿产 (如石油、天然气、地热、地下卤水、矿泉水、地下淡水、贝壳、砖瓦用黏土等) 均已开发利用,矿产种类利用率为 73.3%。石油、天油气、地热资源是东营市优势矿产,储量居全省第 1 位。

(四) 生物资源

水生动物有 641 种,其中,陆生性水生动物 223 种,海洋性水生动物 418 种。浅海生物资源丰富,浅海鱼类有 85 种,以暖水性种类为主,主要经济鱼类有草鱼、刀鲚、鲫鱼、鲤鱼、鲈鱼和刀鱼等。浅海的经济无脊椎动物有 59 种,以甲壳动物为主,占 42.4%,软体动物次之，占 35.6%。沿海潮间带生物有 195 种，其中动物 191 种，占总数的 97.95%；藻类 4 种，占 2.05%。

畜禽类约 11 科、20 余种、40 多个品种。鸟类 296 种，其中国家一类保护鸟类有丹顶鹤、大鸨、东方白鹳等 10 种，国家二级保护鸟类大天鹅、灰鹤等 49 种。农作物品种数百个，木本植物 44 科、79 属、179 种（含变种），其中用材树种主要有刺槐、毛白杨、旱柳、国槐和白榆等，经济树种主要有苹果、梨和枣等。草场类植物有 35 科、84 属、93 种；中草药类植物 300 余种，其中有采集价值的近 70 种；有浮游植物 116 种，蕨类植物 4 种。

（五）海洋资源

海岸线长 350.34km，滩涂面积 $10.19 \times 10^4 hm^2$，分别占山东省的 1/9 和 1/2，-10m 以上浅海面积 $4800km^2$，是山东发展浅海养殖潜力最大的地区，素有"百鱼之乡"和"东方对虾故乡"之美称。

（六）新能源

主要有太阳能、地热能、风能、海洋能、生物质能和核聚变能等，具备发展新能源产业的优越条件。2001 年 9 月 19 日，东营市获准加入世界能源城市伙伴组织，2009 年 4 月 16 日，正式成为联合国工业发展组织支持清洁技术与新能源产业国际示范城市。近年，东营市以东营经济开发区为主要载体，大力发展新能源产业，建设东营国际新能源产品及装备制造基地。目前，总面积 $30km^2$ 的东营新能源基地已经规划建设了太阳能、风能、综合节能、清洁技术四大产业区。山东省也出台政策加快发展新能源，支持垦利、无棣等县域秸秆发电项目，建设生物质能发电基地。围绕风能、太阳能、生物质能、地热能等领域，东营市已先后引进和培养了恩德（东营）风电设备制造有限公司、山东光启电力股份有限公司、山东康特姆新能源有限公司、胜利动力机械有限公司等 20 余家代表性企业。

第二节　社会经济概况

一、行政区划

东营市辖东营、河口 2 个区，广饶、利津、垦利 3 个县（图 2-2）。胜利油田、中国石油大学（华东）和济南军区黄河三角洲生产基地坐落在这里。

二、人口民族

2009 年底，全市户籍人口 184.6 万人，城镇化率为 58.5%。有少数民族 36 个，4569 人。全市人口出生率 8.06‰，死亡率 4.76‰，自然增长率 3.3‰。

三、经济发展

东营市位于山东半岛与辽东半岛环抱的地理中心，是京津塘经济区和山东半岛经济区的结合部，是东北经济区与中原经济区的海上最佳通道，是环渤海经济区与黄河经济带的交汇点。区域经济理论研究成果表明，在世界著名大河三角洲中，黄河三角洲综合资源最丰富，具有巨大的开发潜力。

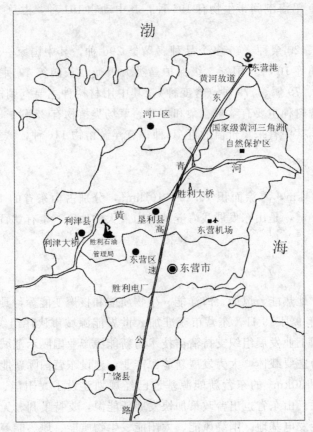

图 2-2 东营市行政区划图

建市以来，东营经济一直保持快速健康发展的势头，已初步形成以石油及石油化工、盐及盐化工、机械、建材、轻纺、农副产品加工等为主导的工业体系，粮棉、畜牧、水产、瓜菜、花卉、桑蚕、林果等生产基地建设初具规模。

2003 年，东营市综合实力在全国百强城市中位居 37 位，在全省列第 4 位。2006 年，全年实现生产总值 1450.31 亿元，比上年增长 17.0%，成为全省第 9 个过千亿元的市。其中，第一产业增加值 53.27 亿元，增长 7.0%；第二产业增加值 1192.66 亿元，增长 16.9%；第三产业增加值 204.38 亿元，增长 20.8%。三次产业比重为 1∶22.4∶3.84。全市经济发展由主要依靠油田拉动转变为油地并驾齐驱。

四、交通通信

（一）交通

东营市交通运输业发展加快，已构成立体发展格局。2006 年，全市等级公路通车里程 7322.6km，已建成胜利和利津两座黄河大桥，东青高速公路已与济青高速公路连线。

境内有铁路线一条——淄东线，是胶济线的一条支线，有三个火车站。东营火车站现有旅客运输、整车货运和零担货运业务，年旅客接送量 45 万人次，年接送货物量 10×10^4 t。

东营海港建于 1985 年，1995 年 12 月经国务院批准为一类开放口岸。该港口地处环渤海经济区和黄河三角洲的中心地带，渤海湾与莱州湾交汇处，是联结我国中原经济区和东北经济区的纽带。港口拥有 5000 吨级泊位 1 个，3000 吨级杂货码头 3 个、3000 吨级油码头 2 个、2000 吨级杂货码头 2 个，并开通了东营至旅顺的滚装运输航线，实现了"船开大连、车通郑州"的目标。

东营飞机场建于 1985 年，承担黄河三角洲及浅海石油地质勘探、黄河防凌、防汛等任务，开辟东营至北京、上海两条航线。

（二）通信

东营市的通信设施发展相对超前。市内电话建成本地电话网，实现了传输数字化、交换程控化；建成了覆盖全市、漫游全国及世界部分国家和地区的模拟、数字两种移动电话网；无线寻呼系统实现全省、全国联网；数据通信网基础业务网开通了分组交换网；建成长途独立交换局。

邮电、通信业较快增长。2006 年年末有固定电话用户 59.0 万户，移动电话用户 158.7 万户，互联网用户 17.1 万户，宽带接入户 21.25 万户。

五、教科文卫

2006 年，有普通高等院校 5 所，中等专业学校 1 所，其他学院（校）附设中专部 5 处，普通高中 29 所，普通初中 82 所，小学 220 所，特殊教育学校 1 所。共有艺术表演团体 5 个，公共图书馆 6 处，文化馆 5 处。广播、电视综合人口覆盖率均达到 100%。有卫生机构 108 所。

六、社会生活

2006 年，城镇居民人均可支配收入 16741.9 元，人均住房使用面积 23.1m²。在岗职工年平均工资 27577 元。农民人均纯收入 5157.1 元。

第三章

油田环境保护

石油作为一种主要能源以及重要的化工原料，为人类社会的发展做出了巨大贡献。但随之也出现了两个严重的问题：一是由于大量开采导致石油资源已面临枯竭；二是开发和利用石油资源过程中，对环境产生了严重的破坏和污染。

"油田环境保护"是实习的一项重要内容，教学重点是石油开发过程中的环境问题及其防治。本章第一节简单介绍石油勘探开发生产工艺，第二节侧重介绍钻井、测井、井下作业、采油和集输过程中产生的环境问题及治理措施，第三节是实地考察部分，重点考察钻井现场、井下作业现场和采油废水处理厂，使学生了解各生产工艺过程污染的产生与防治。

为了训练学生的实际动手操作能力，本章安排了钻井现场噪声监测和采油废水不同处理工艺阶段水温和 pH 测定的环境监测项目。

第一节 石油勘探开发的生产工艺

从寻找石油到利用石油，大致要经过四个主要环节，即寻找、开采、输送和加工，这四个环节一般又分别称为"石油勘探"、"油田开发"、"油气集输"和"石油炼制"。油气田勘探开发是一项包含有地下、地上等多种工艺技术的系统工程，其主要工艺过程包括地质调查、勘探、钻井、测井、井下作业、采油（气）、油气集输、储运等，此外还包括辅助配套工艺过程，如供水、供电、通信、排水等。下面将简单介绍主要工艺过程。

一、物探

物探是地球物理勘探的简称，是指用不同的物理方法和物理仪器，探测天然的或人工的地球物理场的变化，通过分析、研究所获得的资料，推断、解释地质构造和矿产分布情况。油气勘探的目的是为了寻找油气，勘探技术概括起来有野外地质调查技术、地震勘探技术、重力勘探技术、磁力勘探技术、电法勘探技术、遥感技术、地质录井技术、地球物理测井技术、测试技术和石油地质综合开发技术等。

二、钻井

钻井是指在地质工作中，利用钻探设备向地下钻成的直径较小、深度较大的柱状圆孔，又称钻孔。钻井通常按用途分为地质普查或勘探钻井、水文地质钻井、水井或工程地质钻井、地热钻井、石油钻井等。主要功用为：①获取地下实物资料，即从钻井中获取岩心、矿心、岩屑、液态样、气态样等；②作为地球物理测井通道，获取岩矿层各种地球物理场的资料；③作为人工通道观测地下水层水文地质动态情况；④用作探、采结合，开发地下水、油气、地热等的钻井。石油钻井是在钻头上给所钻地层加一定压力，使钻头的牙齿嵌入地层，然后旋转钻头，利用旋转钻头的扭矩来切割地层，并利用循环的钻井液将钻屑带出井眼，以保证持续钻进。

钻井需要通过许多工序才能完成，主要包括换钻头起下钻、取岩心、下套管固井、试油气和完井等。因此，钻井需要钻井设备、钻井工具、钻井操作和管理人员以及各种钻井专业技术的紧密配合。钻井设备由动力系统、提升系统、旋转系统、钻井液循环系统、井控系统和监测系统组成。钻井工具包括钻头、钻铤、钻杆、方钻杆井下动力钻具、其他钻井工具和钻台上的操作工具等。

石油钻机是一部复杂的联动机械，通过 40m 高的井架、天车这些提升系统，由柴油机驱动转盘，带动钻杆、钻头钻入地下，还要从钻杆中心泵入钻井液（以前称之为泥浆）进行循环，以冷却钻头和带回钻碎的岩屑。

钻井液称之为钻井的"血液"，是指钻井过程中以其多种功能满足钻井工作需要的各种循环流体的总称。其主作用是：①携带、悬浮岩屑；②冷却、润滑钻头和钻具；③清洗、冲刷井底，利于钻井；④利用钻井液液柱压力，防止井喷；⑤保护井壁，防止井壁垮塌；⑥为井下动力钻具传递动力。

钻井可分为直井、斜井、水平井和丛式井等。海洋钻井是在海上钻井平台上完成的。钻井生产作业周期与所钻地层的地质构造、钻井深度和钻井技术密切相关，在十几天至数百天之间。

三、测井

测井是将各种专门仪器放入井内，沿井身测量岩层剖面的各种物理参数随井深变化的曲线，并根据测量结果进行综合解释，判断岩层、评价地层储集能力，确定油气层及其他矿藏，检测油气藏开采情况的一种间接手段。测井具有效率高、成本低、准确性高等特点，是获得油气储集层地质资料的重要手段之一，被广泛用于石油地质勘探和开发过程中。

根据所利用的岩石物理性质不同，可分为电测井、放射性测井、磁测井、声波测井、热测井和重力测井等。测井方法在石油、煤、金属与非金属矿产及水文地质、工程地质的钻孔中，都得到广泛的应用。特别在油气田、煤田及水文地质勘探工作中，已成为不可缺少的勘探方法之一。应用测井方法可以减少钻井取心工作量，提高勘探速度，降低勘探成本。在油田，有时把测井称为矿场地球物理勘探、油矿地球物理测井或地球物理测井。

随着测井技术的发展，放射性物质被广泛用于生产过程中，放射性测井成为测井的重要类型。放射性测井即是在钻孔中测量放射性的方法，一般有两大类：中子测井与自然伽马测井。中子测井是用中子源向地层中发射连续的快中子流，这些中子与地层中的原子核碰撞而损失一部分能量，用探测器（计数器）测定这些能量，用以计算地层的孔隙度并辨别其中流体性质。自然伽马测井是测量地层和流体中不稳定元素的自然放射性发出的伽马射线，用以判断岩石性质，特别是泥质和黏土岩。

测井技术起源于 20 世纪 20 年代，其发展大体经历了模拟测井、数字测井、数控测井和成像测井四个阶段。

四、井下作业

井下作业是油气田勘探开发的重要环节，它是对油、气、水井施行油气勘探、修理、增产、维护正常生产及报废前的善后工作的一切井下施工的统称。主要包括试油（气）、大修、侧钻、压裂、酸化、测试、小修、热油清蜡、冲砂和稠油试采等施工环节。

试油是利用一套专门的设备和方法，对通过钻井取心、测井等间接手段初步确定的油、气、水层进行直接测试，并取得目的层产能、压力、温度和油、气、水性质等资料的工艺过程，为油气田储量计算和合理开发提供可靠数据。修井作业是指油、气、水井自投产至报废的整个开采过程中，为维护和恢复油、气、水井正常生产或提高其生产能力，所进行的各类故障处理和各项治理措施。压裂酸化是油气田应用比较普遍的重要增产措施，主要是利用压裂酸化设备，向地层注入压裂液、酸液，达到改善油、气、水流状况的目的，从而增加油、气井产量和水井注入量。

五、采油

采油是指把流到井底的原油采到地面的过程。采油方法可分为两大类：一类是自喷采油，即依靠油藏本身的能量，使原油喷出地面；另一类是人工举升采油或机械采油，即借助外界能量将油采出地面。一般情况下，天然能量不足的油田，有的没有自喷能力，有的即使有自喷能力，但自喷期限较短，只有一年左右的时间，最多的也不过 3～5 年，而一个油田的生产年限要延续 20～30 年以上，因此，油层中的原油大部分是靠人工举升方式采出来的。机械采油包括气举采油、抽油机油杆泵采油、潜油电动离心泵采油、水力活塞泵采油和射流泵采油等。

自喷井井口的设备一般有采油树、清蜡设备（如绞车、钢丝、刮蜡片）、油嘴、水套加热炉、油气计量分离器等（井口房和值班房根据当地的气候条件和社会因素考虑是否设置）。

机械采油井场的工艺设备和辅助设备主要有采油树、油气计量分离器、加热和清蜡设备及采油机械。

六、集输

原油集输是将油田各油井生产的原油和油田气进行收集、处理，并分别输送至矿场油库或外输站和压气站的过程。这一过程从油井井口开始，将油井生产出来的原油和伴生的天然气产品，在油田上进行集中和必要的处理或初加工，使之成为合格的原油后，再送往长距离输油管线的首站外输，或者送往矿场油库经其他运输方式送到炼油厂或转运码头；合格的天然气集中到输气管线首站，再送往石油化工厂、液化气厂或其他用户。概括地说油气集输的工作范围是指以油井为起点，矿场原油库或输油、输气管线首站为终点的矿场业务。油气集输生产过程内容及相应关系见图 3-1。它以集输管网及各种生产设施构成庞大系统覆盖着整个油田。

一般油气集输系统包括油井、计量站、接转站、集中处理站，称三级布站。也有的是从计量站直接到集中处理站，称二级布站。集中处理、注水、污水处理及变电建在一起的叫做联合站。

油井、计量站、集中处理站是收集油气并对油气进行初步加工的主要场所，它们之间由油气收集和输送管线连接。

计量站的作用主要是计量油井油气产量，并将一定数量（7～14 口）油井的油气汇集起来，再通过管道输送到油气处理站。

集中处理站是油田油气集输流程的重要组成部分，是对原油和油田气进行处理，生产符

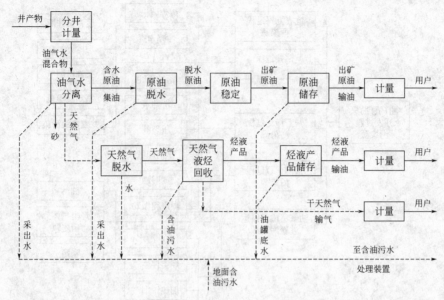

图 3-1　集输工作过程示意图（引自：詹鲲等，2004）

合外输标准的油气产品的工艺过程。包括原油脱水、原油稳定、液烃回收以及油田气脱硫、脱水等工艺。

联合站功能较多，在油田上普遍存在。联合站是油气集中处理联合作业站的简称。主要包括油气集中处理（原油脱水、天然气净化、原油稳定、轻烃回收等）、油田注水、污水处理、供变电和辅助生产设施等部分。

油气收集和输送管线包括出油管线、集油管线、输油管线和集气管线。从各油井井口到计量站的输送管线为出油管线；从若干座计量站到接转站的输送管线为集油管线。在这两种管线中，油、气、水三相介质在同一管线内混相输送。在接转站，气、液经分离后，油水混合物经密闭地泵送到原油脱水站，或集中处理站。脱水原油继续输送到矿场油库或外输站。从接转站经原油脱水站（或集中处理站）到矿场油库（或外输站）的原油输送管线为输油管线。利用接转站上分离缓冲罐的压力，把油田气输送到集中处理站或压气站，经处理后外输。从接转站到集中处理站或压气站的油田气输送管线为集气管线。从抽油井回收的套管气和从油罐回收的烃蒸气，可纳入集气管线。集气管线要采取防冻措施。

第二节　石油勘探开发中的环境问题与防治

在油田开发生产活动中，不同工艺和不同开发阶段，其排放的污染物及构成是不同的，图 3-2 为油田勘探开发过程中污染源的总体构成。

一、物探中的环境问题及其防治

（一）环境问题

在油气田地球物理勘探开发过程中，产生的污染较少，污染源主要是放炮震源和噪声源。主要的环境问题有以下几点。

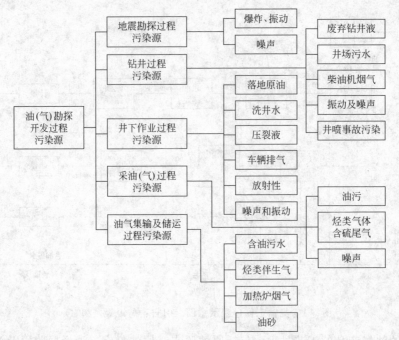

图 3-2　油田勘探开发过程中污染源的总体构成（引自：詹鲲，2004）

（1）生态破坏　开辟测线、爆炸或可控震源及施工车辆等都会对地面植被、表土、地表设施等造成破坏。

（2）环境污染　物探作业中会产生如炸药包装箱、废记录纸、废弃的机械零部件、测量使用的木桩、未回收的炮线等生产和生活垃圾，若不进行及时处理，任意排放，则会污染环境；使用有毒性的炸药会污染空气和水体。

（3）噪声干扰　爆炸和车辆施工产生的噪声对人群和环境造成危害。

（二）防治措施

（1）勘探队在建立营地时，应建在植被较少的地方，尽可能减少营地的数量和占地面积，特别是减少停车场的占地面积。同时注意保护营地植被，不践踏植被。

（2）作业过程中产生的生产和生活垃圾要回收利用，没有利用价值的应及时处理；制定严格的生活管理制度，养成节约的生活习惯，减少生活垃圾的产生。

（3）作业施工时应设计合理的施工方法，减少固体废物的产生量；尽量使用小药量施工，使用毒性较小的炸药；埋置检波器时要尽量避免破坏植被，遇到大面积树林或植被，测线应偏移或改变施工方法；避开野生动物区，避免夜间施工等，减少对野生动物的惊扰。

（4）施工结束后，回收所有小旗、标志和废品，及时回填炮眼，恢复工区所有的自然排水道，拆除所有的建筑设施，废弃开辟的道路等。

二、钻井过程中的环境问题及其防治

（一）环境问题

1. 生态破坏

主要是钻井设备占用土地（耕地、草地等），使土地丧失原有的功能，破坏地貌景观。

2. 环境污染

钻井过程中产生大量的固体废物、废水、废气及强大的噪声，对周围环境造成一定的危害。

(1) 废水污染　钻井施工过程中，配置钻井液、冲洗井底、冷却钻井液泵以及润滑设备都要消耗大量的水，不可避免地要产生大量废水（钻井废水），对环境造成污染。钻井废水的来源：

① 废弃钻井液　如性能不合格而被排出的钻井液、完井时井筒内被清水替出的钻井液、钻井液循环系统的渗漏等。废弃钻井液是钻井废水的主要来源。

② 机械废水　柴油机冷却水、液压制动系统排出的刹车水等。

③ 冲洗废水　冲洗钻井泵拉杆、钻台、钻具和振动筛等用水。

④ 生活污水。

钻井废水的特性及污染程度与钻井液体系密切相关，不同的油气田、不同的钻探区、不同的井深，使用的钻井液不同，因此，钻井过程中产生的废水中污染物种类会不同。

钻井液可分为水基钻井液、油基钻井液和气体型钻井流体三大类。钻井液主要由液相、固相和化学处理剂组成。液相可以是水（淡水、盐水）、油（原油、柴油）或乳状液（混油乳化液和反相乳化液）；固相包括有用固相（膨润土、加重材料）和无用固相（岩石）；化学处理剂包括无机、有机及高分子化合物。

水基钻井液是一种以水为分散介质，以黏土（膨润土）、加重剂及各种化学处理剂为分散相的溶胶悬浮体混合体系。其主要组成是水、黏土、加重剂和各种化学处理剂等。绝大多数钻井液属水基钻井液。根据体系在组成上的不同分为淡水钻井液、盐水钻井液（包括海水及咸水钻井液）、钙处理钻井液、饱和盐水钻井液、混合乳化（水包油）钻井液、不分散低固相聚合物钻井液、钾基钻井液、聚合物钻井液。

油基钻井液是一种以油（通常使用柴油和矿物油）为分散介质，以加重剂、各种化学处理剂及水等为分散相的溶胶悬浮混合体系。其主要组成是原油、柴油、加重剂、化学处理剂和水等。根据油水比值大小分为普通油基钻井液和油包水乳化钻井液，油基钻井液适用于钻深井、大位移井和水平井等。合成基钻井液以合成的有机物作为连续相，盐水作为分散相，含有乳化剂、降滤失剂、流型改进剂，适用于海上钻井。

气体型钻井流体是以空气或天然气作为钻井循环流体的钻井液。气体型钻井流体可分为空气或天然气钻井流体、雾状钻井流体、泡沫钻井流体和充气钻井液四种，适用于钻低压油气层、易漏失层及某些稠油油层。

上述钻井液中，通常各种水基钻井液较之油基钻井液危害性要小；合成基钻井液保持了油基钻井液的各种优良特性，而且毒性小，在大多数情况下更容易生物降解，对环境危害小。

浅层清水钻井的钻井废水主要含油，PAM（聚丙烯酰胺）钻井液的钻井废水中含有悬浮物、酚、铬、油等，普通钻井液的钻井废水含油和少量悬浮物、酚、铬，深井钻井液体系的钻井废水中含有油、酚、铬和悬浮物等。可见，钻井废水中主要污染物质为悬浮物、酚、铬和油等。

钻井废水的特点：①pH偏高，多在8.5～9.0之间；②含悬浮物高，多在2000～2500mg/L以上；③含有一定量有毒聚合物、有机和无机污染物。

钻井废水如不经处理外排，污染物的下渗和迁移可能对井场周边的土壤、地下水和地表水体造成不同程度的污染。对单一井场来说是点源污染，油气田上分布的多个井场则形成面源污染。

（2）固体废物污染　钻井过程中产生的固体废物主要包括钻井岩屑和生活垃圾。

① 钻井岩屑　主要指钻井过程中钻头破坏的并通过钻井液循环带回地面的地层岩屑。钻井岩屑对环境造成污染的主要物质是与岩屑相混杂的钻井液和石油类物质。

② 生活垃圾　钻井队一般在野外分散作业，往往要在井场建立临时生活基地，在钻井作业周期内，产生的生活垃圾对环境也有一定的影响。

（3）废气污染　废气主要来自于动力设备（大功率柴油机等）运转过程中燃烧燃料油所排放的烟气和烟尘。主要污染物有 SO_2、NO_x、CO 和颗粒物。钻井施工使用动力设备比较多，这类污染不可忽视。

（4）噪声干扰　主要是机械设备运转过程中所发出的振动噪声等。此外还有撞击噪声和气流噪声等。

（5）井喷事故污染　井喷是地层中流体喷出地面或流入井内其他地层的现象。引起井喷的原因有：①地层压力掌握不准；②钻井液密度偏低；③井内泥浆液柱高度降低；④起钻抽吸；⑤其他措施不当等。如果发生井喷，造成事故，不仅会损害地下的油气资源和钻机设备，还将造成人员伤亡，并对生态环境产生严重的破坏。

（6）井底污染　井底污染又称井底损害，是指油井在钻井过程中，由于钻井液漏失或钻井液的滤液漏入地层中，使井筒附近地层渗透率降低的现象。

（二）防治措施

1. 生态破坏的防治措施

减少井场占地，减轻对生态环境的影响。为了少占耕地，在一个井场上钻多口定向井（叫做丛式井组），与过去一个井场钻一口井的开发方式所占土地相比，可节省 3/4 的耕地。另外，钻水平井，即井在地下的轨迹是水平的，沿油层延伸方向，这就提高了开发效果。胜利油田在 6 个开发区钻了 19 口水平井，可代替过去的 41 口直井，减少了占地和废弃物的排放，减轻了对环境的污染。

2. 废弃钻井液的处理

① 对环境的关注是当前钻井液研究和开发的主要推动力。为使排放的钻井液可能对环境产生的影响降至最低水平，对钻井平台工人的健康风险降至最低水平，应尽量选择对环境影响小、对人体危害小的钻井液产品。

② 为使钻井液不污染土壤，将地面备用的钻井液储存在专门的钻井液罐中。

③ 循环利用钻井液。

④ 不能循环利用的废弃钻井液进行固液分离处理，常用的钻井液净化设备：a. 振动筛，作用是清除大于筛孔尺寸的砂粒钻屑；b. 旋流分离器，作用是清除小于振动筛筛孔尺寸的颗粒；c. 螺杆式离心分离机，作用是回收重晶石，分离黏土颗粒；d. 筛筒式离心分离机，作用是回收重晶石。

3. 钻井岩屑的处理

① 经钻井液净化清除的钻井岩屑露天堆放时，其堆放场的地面和周围要铺上干净的膨润土，还要盖上聚氯乙烯或聚乙烯纤维的塑料布，以防止与岩屑相混杂的钻井液和石油类物质渗入地下。

② 钻井工作结束后，要将经过脱水的钻屑和干涸的钻井液用黏土填埋好，并做标记。

三、测井过程中的环境问题及其防治

（一）环境问题

放射性测井带来的放射性污染是油气田勘探开发过程中放射性污染的主要来源，若管理和使用不当，将会严重危害环境和人体健康。

在放射性测井中使用的放射源有伽马源、中子源和放射性同位素。主要的放射性物质有：镅、铍、铯、镭、钡、碘、锡、铟、钴等。从管理和石油角度看，伽马源和中子源属密封型放射源，同位素为开放型放射源。

密封型放射性污染途径：①由于操作和管理不慎，放射源掉进井底、丢失；②放射源外壳或储源罐泄漏等。

开放型放射源污染途径：①放射性同位素作为示踪剂，在向井内注入放射性同位素活化液或固体悬浮物的溶液时，由于操作不慎，活化液溅入环境，造成井场周围地表污染；②在开瓶分装稀释搅拌过程中有131I气溶胶溢出，造成空气污染；③测井过程中活化液污染井管和井下工具、绞车操作台、工作服等；④同位素油井找窜后，进行循环洗井，反洗出的同位素液体外排，导致环境污染。

朱元洪（2003）对某油田从事放射性测井工作人员 299 人进行了连续 3 年危害状况调查，取得数据 2619 人次。研究所得结论：放射性测井对环境和个人辐射剂量监测数据表明，个人受辐射伤害最大的是保管员，其次是仪器修理人员，然后是农民轮换工、司机、绞车工、操作工、主管领导、井口工人。保管员、仪器修理工、司机遭受辐射的剂量比较大，而一线现场操作人员的个人辐射剂量水平反而都比较低，说明现场的个人防护措施得当。

（二）防治措施

① 严格按要求管理放射源，按操作规范办事，遵守相应的管理办法，专人负责，定期检查。

② 严格执行国家标准，制定严格的操作规程和放射性物质出入库制度，源车、源库、同位素实验室要符合安全标准，管理人员和操作人员要持证上岗。

③ 对于外排同位素废水要加强治理，经衰变池处理，检验达标后方可外排。

④ 加强个人防护用品管理，工作之后，都要装入专门配备的手提箱包内，经过 10 个半衰期后经有关部门检测低于或等于本底值时方可焚烧处理。

四、井下作业过程中的环境问题及其防治

（一）环境问题

井下作业的环境问题主要是环境污染问题，环境污染主要来自试油、修井作业和压裂酸化等过程。

1. 废水污染

井下作业产生的废水主要有：

① 试井和修井作业时排出的压井卤水、无固相压井液；

② 修井作业（如冲砂等工艺）中使用的循环水，使用后成为含油污水而外排；

③ 洗井后排出的洗井水；

④ 压裂酸化产生的含酸废液以及含有多种添加剂、成分复杂的压裂废液。

2. 固体废物污染

固体废物主要是落地原油和泥浆。

落地原油的主要来源有：

① 油井投产前，由于地面集输管线尚未建成，射孔替喷时原油进入井场内土油池；

② 试油、试采作业所产生的原油部分进入井场内土油池；

③ 修井作业中，压井替喷、不压井作业的跑、冒油，以及在起下钻杆、油管、抽油杆过程中带出的原油；

④ 钻杆、油管、抽油杆在井场放置、清洗而散落在井场内的原油；

⑤ 发生井喷、集输管线刺漏等生产事故造成的落地原油；

⑥ 不法分子为了偷盗石油，私自在井口将控制石油流出的阀门打开或在石油集输管线上凿孔，也会产生大量的落地原油。

原油落地后往往与水、沙、泥土形成混合物，在露天暴露时，其中的轻烃类会挥发进入大气，造成大气污染，会渗入土壤造成土壤污染，特别是由于土油池泄漏或大雨造成溢油使原油流入水域造成大面积水体污染。

泥浆在井下作业中主要用于压井，但近年来使用量逐渐减少。但泥浆的成分比较复杂，含有的对环境有害的物质是盐类、可溶性重金属以及有机硫化物和有机磷化物等。

3. 废气污染

主要是作业施工中挥发的烃类气体和通井机、修井机、压裂车、酸化车等产生的尾气。

4. 噪声干扰

通井机、修井机、压裂车、酸化车等施工车辆产生的噪声。

（二）防治措施

1. 废水处理

首先实行压井进干线（废水不外排，避免造成地面污染），对于不具备进干线条件的废水排入回收罐，对于能循环使用的废水要循环使用，不能使用的用罐车运至废液处理站集中处理。

洗井水处理车是井下作业废水常采用的处理设施。洗井车以井口处水的压力为动力，污水进入洗井车内净化处理，处理后的清水进入水箱，再用泵车注入井内，如此循环洗井直至合格，分离出的污油、污泥随时排放到污物车内，设有反冲洗流程。洗井车在大庆、吉林油田等均有采用。

2. 固体废物处理

管、杆桥和修井机下铺防渗布，防止原油落地；侧钻产生的废泥浆回收后重复利用，不能利用的要进行固化、无害化处理；生活垃圾和工业垃圾分别存放等。

3. 废气的处理

作业施工前或作业放喷时，放压产生的气体要经流程管线进计量站；试油、试气施工中产生的气体能进站的进站，不能进站的直接燃烧。

五、采油过程中的环境问题及其防治

(一) 环境问题

采油过程中的主要的环境污染问题有以下几种。

1. 采油废水污染

在石油开采过程中，绝大部分时间是在中、高含水期（20%～70%）进行的，无水采油期很短，油田生产后期，原油含水可达 90% 以上，这便产生了大量采油废水。含油污水已成为油田的第一大污染源。

(1) 采油废水的来源 主要来自采出水和注水井洗井水。

① 采出水 是随原油和油田气一起从地下开采出来的、经沉降和电化学脱水等工艺而分离出来的含油污水。采出水经污水处理站处理合格后可回注油层。

② 注水井洗井水 注水井工作一段时间后，注水井附近岩层内可能附着了许多注水所带来的杂质，影响了正常生产，需进行洗井。注水井洗井水就是对注水井进行反冲洗，以清除滤网上沉积的固体和生物膜的过程中产生的含油污水。

(2) 采油废水的特点

① 产生量大。油田经过多年的开发建设，其石油开采已处于"三高"阶段。随着油田进入开发后期，采出液含水率将逐年上升，由此造成了污水量增加，注水难度增大，再加上低渗透区块和特殊开采工艺（注蒸汽开采）无法实施污水回注、利用清水配注聚合物的"三次采油"影响了污水回注等，使采油废水排放量呈逐年增加趋势。如胜利油田 20 世纪 90 年代末期采出液的含水率达 90% 以上，污水产生量近 $70 \times 10^4 \mathrm{m}^3/\mathrm{d}$，其中外排污水近 $7 \times 10^4 \mathrm{m}^3/\mathrm{d}$。

② 水温高。采出水和洗井水来源于地层深处，水温非常高，通常在 40～70℃之间。由于水量大，在地面停留时间短，经污水站处理后的水温仍然在 35～65℃之间。

③ 矿化度高，腐蚀和结垢现象严重。我国陆上几个油田，如江汉、胜利、中原、长庆油田采出水的矿化度、硬度都很高，如江汉油田为 $(17～20) \times 10^4 \mathrm{mg/L}$，胜利油田为 $(2～5) \times 10^4 \mathrm{mg/L}$，中原油田为 $(8～14) \times 10^4 \mathrm{mg/L}$，最高可达 $30 \times 10^4 \mathrm{mg/L}$。

矿化度高的水导电率高，加速电化反应，使腐蚀速度加快。另外采油废水中还溶解了一些气体，如 O_2、H_2S 和 CO_2 等，其中 O_2 是很强的氧化剂，容易造成电化学腐蚀，酸性气体与氧气共同作用会使腐蚀速度成倍增长。此外，高矿化度废水中还含有大量的 HCO_3^-、SO_4^{2-}、Ca^{2+}、Mg^{2+}、Ba^{2+} 等离子，在一定条件下，极容易产生碳酸盐沉淀和硫酸盐沉淀（结垢），从而影响生产。

④ pH 高。一般在 7.5～8.5 之间。

⑤ 有机物含量高、种类多。采出水本身含有多种有机物，如挥发酚、硫化物和石油类。为保证油水分离，防止腐蚀、结垢，还添加了大量化学药剂造成采出水成分复杂。

⑥ 细菌含量高。油田采出水中含有丰富的有机物，又有适宜的水温，是硫酸盐还原菌、腐生菌繁殖的场所。大部分采出水中细菌含量为 100～1000 个/mL，有的高达 1 亿个/mL。细菌大量繁殖可腐蚀管线。

⑦ 油、水密度差值小。有些油田稠油密度非常大，相对密度为 0.9884，与污水的密度相差很小，由此造成油难以上浮，油、水分离困难。

（3）采油废水中的污染物　未经任何处理的含油污水称为含油污水原水，简称原水。原水是固体杂质、液体杂质、溶解气体和溶解盐类的多相体系，其中细小的杂质可分为四类。

① 悬浮固体　粒径范围 $1\sim100\mu m$。主要包括泥砂、腐蚀产物、细菌、有机质（胶质、沥青质类和石蜡等重质油类），这些颗粒大部分构成水的浊度，少部分形成水的色度和臭味。

② 胶体　当直径在 $1\times10^{-3}\sim1.0\mu m$ 之间时，颗粒在水中呈胶体状态分布。这类物质有腐殖质、金属氢氧化物、硅酸、蛋白质和黏土颗粒等，主要构成水的色度。

③ 原水中的原油　一般为 $500\sim1000mg/L$，有时高达数千毫克每升。决定油水分离的主要因素是原油在水中分散的粒径大小和密度差。根据油在水中的粒径大小，将油的分散状态分为浮油、分散油、乳化油和溶解油四种。原水中油的状态及特性见表3-1。

表 3-1　原水中油的状态及特性

类 型	粒 径	特 性
浮油	$>100\mu m$	稍加静置即可浮升至水面
分散油	$10\sim100\mu m$	有足够的静置时间，油珠可浮升至水面
乳化油	$0.1\sim10\mu m$	单纯用静置的方法不能把油水分开
溶解油	$<0.1\mu m$	溶解在水中

2. 固体废物污染

采油作业中产生的固体废物主要是落地原油及油泥砂。

（1）落地原油　落地原油是采油生产过程中未进入集输管线而散落在地面的原油。其来源为管线、阀门发生故障而跑、冒、滴、漏的原油，井喷、管线穿孔或断裂等事故造成的落地原油。

（2）油泥砂　油泥砂是沉淀于储油罐、沉降罐等底部的含油污泥。产生量与采出液含砂率密切相关，其组成成分是油泥和水。油泥砂若直接排入环境，其中所含的石油物质会对环境造成极大的污染，因此，原国家环保局、经贸委、公安部于1998年1月4日联合颁布的《国家危险废物名录》中的HW08项已将其列入危险废物名单。

3. 废气污染

（1）燃料废气　原油开采及集输过程中，要建许多加热炉和锅炉；采用蒸汽吞吐或蒸汽驱动开发方式的稠油开采，还必须建立高压蒸汽炉以适应生产需要。上述加热炉、锅炉、高压蒸汽炉每年都要消耗大量的原油、渣油、天然气和各种煤，这些燃料燃烧过程中必然产生许多废气，对大气造成污染。

（2）工艺废气　工艺废气源自采油井场、联合站和油气集输系统轻烃的挥发，轻烃的主要成分为甲烷烃和非甲烷烃，其中毒性较大的非甲烷烃所占比例较大，是油田大气污染的主要原因。工艺废气的产生原因在于产能建设不配套、油气分离不彻底和工艺流程密封性差等。如储油温度偏高造成烃类蒸发损失；有的油田伴生气没有集气系统，虽然可利用一部分，但仍有一部分损失；开式流程油罐呼吸气的排放等。

4. 噪声干扰

主要是机械噪声。由于采油生产中要使用很多大型机械设备，如大型注水泵组、通井机、压裂车和压风机等，其近处噪声强度多在 $90\sim110dB$（A）之间，给长期工作生活在其附近的人们带来一定的危害。

（二）防治措施

采油废水和油泥砂在采油生产过程中产生量大、危害严重，下面主要介绍采油废水和油泥砂的处理。

1. 废水处理

目前，国内各油田采油废水基本上进行联合调度，先回注地层，只有当不能回注时，才进行外排。回注水在联合站进行处理后回注地下，外排水则在污水处理厂处理达标后外排，因此，油田采油废水的处理主要有回注水处理和外排水处理。

（1）废水处理方法　废水处理方法主要有物理法、化学法、物理化学法和生物法。

① 物理法　通过过滤、沉淀、气浮、粗粒化和离心分离等去除废水中悬浮物、漂浮物、可沉物质和油类等的方法，适用于预处理。

② 化学法　通过中和、化学沉淀、氧化还原、混凝沉淀等去除废水中酸、碱、溶解性有害物质、胶体和细小的悬浮物等的方法，适用于中间处理或深度处理。

③ 物理化学法　通过浮选、萃取、吸附、离子交换、反渗透和电渗析去除溶解性有机物、可离解物质、盐类等的方法，主要适用于深度处理。

④ 生物法　利用微生物生物化学作用，将复杂的有机物分解为简单无机物，将有毒物质转化为无毒物质，使废水得到净化的方法，适用于中间处理或深度处理。生化处理方法很多，如活性污泥法、生物膜法、氧化塘法和厌氧消化法等。

（2）采油废水的处理工艺

① 回注水的处理工艺　回注水的处理主要采用的是物理法、化学法和物理化学法，主要的处理工艺有以下几种。

a. 重力沉降处理工艺　工艺流程见图3-3。

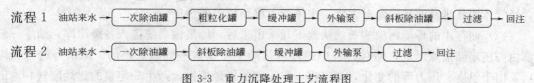

流程1　油站来水 → 一次除油罐 → 粗粒化罐 → 缓冲罐 → 外输泵 → 斜板除油罐 → 过滤 → 回注

流程2　油站来水 → 一次除油罐 → 斜板除油罐 → 缓冲罐 → 外输泵 → 过滤 → 回注

图3-3　重力沉降处理工艺流程图

b. 压力沉降处理工艺　工艺流程见图3-4。

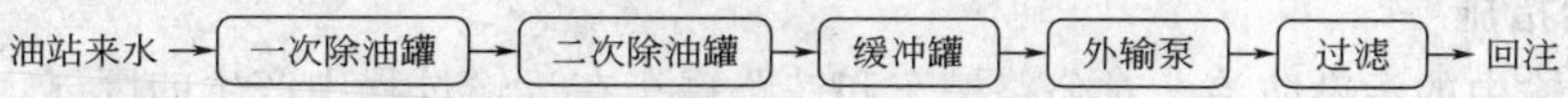

油站来水 → 一次除油罐 → 二次除油罐 → 缓冲罐 → 外输泵 → 过滤 → 回注

图3-4　压力沉降处理工艺流程图

c. 沉降除油和气浮工艺　工艺流程见图3-5。

油站来水 → 一次除油罐 → 气浮选机 → 缓冲罐 → 过滤 → 回注

图3-5　沉降除油和气浮工艺流程图

d. 水力旋流工艺　工艺流程见图3-6。

油站来水 → 水力旋流器 → 过滤 → 回注

图3-6　水力旋流工艺流程图

e. 深度处理工艺　工艺流程见图3-7。

该工艺为多种处理工艺的组合，主要针对污水回用而进行的，污水处理效果较好，可回

油站来水 → 一次除油罐 → 二次除油罐 → 气浮 → 混凝沉降 → 过滤 → 离子交换 → 回注

图 3-7 深度处理工艺流程图

用作锅炉水。

② 外排水的处理工艺 工艺流程见图 3-8。该工艺前期的隔油、气浮等处理措施主要是为了去除水中石油类，以保证后期生化处理的效果。

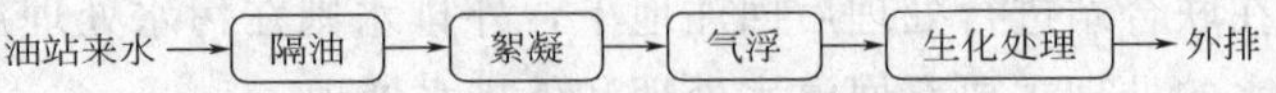

油站来水 → 隔油 → 絮凝 → 气浮 → 生化处理 → 外排

图 3-8 外排水的处理工艺流程图

2. 油泥砂的治理及综合利用

油泥砂既是原油生产过程中产生的废物，也是可贵的二次资源。对含油污泥，特别对高含油污泥进行有组织的收集，并开发研究出一种经济实用的方法对含油污泥进行无害化处理和污油回收，不仅可回收大量的能源，产生一定的经济效益，而且可减轻污染，产生巨大的环境效益和社会效益。

目前含油污泥的常用处理技术主要有：自然干化填埋处理法、固化处理法、生物降解法、焚烧法、溶剂萃取法和离心分离法等。其中，焚烧法产生的热能可回收利用，离心分离法也可回收部分原油等，实现了对油泥砂的综合利用。

六、集输过程中的环境问题及其防治

1. 环境问题

主要是环境污染问题。

(1) 运输中的环境污染 运输方式主要有公路、铁路、水道和管道。主要的环境污染是含烃气体的外排及油品泄漏对大气、水体和土壤环境等的污染。

(2) 储存中的环境污染 石油从地下开采出来后，经集输系统进入各级油库，油库一般都由一座座储油罐组成，储存过程中的环境污染主要是这些油罐产生的。原油等进入储罐后，由于温度、压力等的变化，会出现一定程度的轻烃挥发，产生一定量的含烃废气，逸散到空中，造成大气污染，危害罐区周围环境。

2. 防治措施

(1) 运输中的污染防治 对公路槽车和铁路罐车在运输过程中产生的废气，通常采用活性炭吸附、冷冻、压缩-冷冻-吸附、压缩-冷冻-冷凝和点火焚烧等处理方式。对于管道运输过程中产生的环境污染，主要是通过管道防腐、防渗、防漏和防盗来实现的。

(2) 储存中的污染防治 控制储罐废气排放的措施：①选择合适的储罐，油田上的原油储罐主要是立式圆柱形金属油罐，常用的有固定顶罐、浮顶罐、可变空间罐和压力罐。从降低原油的蒸发损耗来看，浮顶罐比其他结构形式的罐都优越。此外，在储罐外表涂上相应颜色的漆可减少太阳的辐射效应，也是控制废气外排的有效方法之一。②加强罐区管理。定期对储罐进行维护检修，确保罐体无腐蚀、渗漏，阀门控制灵敏，罐顶密封良好。

以上介绍的主要是石油勘探开发污染防治的技术手段，油田环境保护需要综合运用行政、法律、技术、经济和教育等多种手段和措施，如严格执行国家及地方环境保护的法律法规、建立健全油田环境保护的规章制度、严格执行建设项目环境影响评价和"三同时"管理制度、积极推行清洁生产、建立 HSE 管理体系、加强环境监测和环保宣传教育等。

第三节　胜利油田环境保护实地考察

一、胜利油田概况

中国石化胜利油田是中国石化集团胜利石油管理局、中国石油化工股份有限公司胜利油田分公司的统称，是我国东部重要的石油工业基地，全国第二大油田。

胜利油田是以油气生产为主，集勘探、开发、施工作业、后勤辅助生产和多种经营、社会化服务为一体，专业门类齐全的国有特大型企业，其主体位于黄河下游的山东省东营市，工作区域分布在山东省的东营、滨州、德州、淄博、潍坊、烟台等 8 个市的 28 个县（区）和新疆的准噶尔、吐哈、塔城，青海柴达木、甘肃敦煌等地。东营市是胜利油田的发祥地和主产区，胜利油田的指挥机关设在东营。

胜利油田的勘探开发过程，大致经历了五个阶段。一是艰苦创业阶段。胜利油田是在我国华北地区 20 世纪 50 年代早期找油的基础上发现和发展起来的。20 世纪 50 年代末和 60 年代，石油勘探队伍在茫茫的荒碱滩上艰难跋涉，经过 8 年多的地质普查和油气勘探，在山东省境内的东营地区获得了突破性的重大发现。1961 年 4 月 16 日，钻井队在广饶县东营村附近打出了第一口工业油流井——"华八井"，日产油 8.1t，标志着胜利油田被发现；1962 年 9 月 23 日，又打出了"营二井"，获日产 555t 的高产油流，这是当时中国日产量最高的一口井，胜利油田始称"九二三厂"即由此而来；1964 年 1 月，经党中央正式批准，在这里展开了继大庆石油会战之后又一次大规模的石油会战；1965 年春，在当时的山东省垦利县胜利村附近，32120 钻井队打的坨 11 井，发现了 85m 的巨厚油层，试油日产 1134t，这是中国第一口千吨以上的高产油井，由于该油田位于东营地区胜利村一带，为了纪念石油会战取得的重大胜利，1974 年"九二三厂"更名为"胜利油田"。二是快速攀升阶段。经过多年的艰苦拼搏，胜利油田在 1978 年原油产量达到 1946×10^4t，成为我国第二大油田，并一直保持至今；原油产量 1984 年突破 2000×10^4t，1987 年突破 3000×10^4t。三是持续稳定发展阶段。1989 年胜利油田结束会战体制，在大打勘探进攻仗的同时，及时把工作重点转移到提高油田综合管理水平上来。1991 年原油产量达到 3355×10^4t，创历史最高水平；1993 年建成了我国第一个百万吨级浅海油田；到 1995 年原油产量连续 9 年保持在 3000×10^4t 以上。四是全面提升整体发展水平阶段。1998 年，国家进行石油石化大重组，胜利油田划归中国石化集团公司领导和管理；2000 年，重组改制为胜利石油管理局和胜利油田有限公司；2006 年，胜利油田有限公司变更为胜利油田分公司。这一时期油气主业步入良性发展的轨道，年产原油稳定在 2700×10^4t 左右。五是科学和谐发展阶段。2007 年以来，油田党政领导班子认真学习贯彻党的十七大精神，坚持用科学发展观和构建和谐的理念审视、指导各项工作，油田进入科学发展、创新发展、和谐发展新阶段。

胜利油田勘探开发建设以来，在实现自身发展的同时，为国民经济建设、石油石化工业和区域经济社会发展做出了重要贡献。截至 2009 年底，胜利油田已找到不同类型油气田 77 个，累计探明石油地质储量 49.09×10^8t；投入开发油气田 72 个，累计生产原油 $9.63 \times$

10^8 t，天然气 $532\times10^8\,\mathrm{m^3}$。累计实现产值 10081 亿元（现价），实现税费 3085 亿元，为保障国家能源安全，促进国民经济发展做出了重要贡献。在积极进行油气勘探开发、加快油田发展的同时，胜利油田先后投资 50 多亿元，兴建了水库、公路、铁路、海港、黄河大桥、电力通信等一大批基础设施，大大改善了当地的投资环境，为促进黄河三角洲地区的经济发展发挥了重要作用。

二、胜利油田环境保护

（一）机构设置

胜利油田地处黄河三角洲，生态环境比较脆弱，环境保护十分重要，在加速石油勘探开发的同时，胜利油田非常重视环境保护工作，油田成立了环境保护委员会，1 名分管领导负责对环境保护工作的领导和管理，下设安全环保处，设专职副处长 1 人，环境管理科、污染治理科 2 个科室。

此外，在技术检测中心设环境监测总站，业务上归口安全环保处领导。二级单位采油厂设环保科。

（二）环保工作内容

1. 环境管理科

主要负责油田的环境保护管理工作，具体有以下八个方面的内容。

（1）建设项目环保管理工作 负责建设项目环境影响评价和环保"三同时"管理工作，组织建设项目环境影响评价文件的预审和报批，协调地方环保部门审批建设项目环境影响评价文件，组织开展建设项目竣工环保验收。

（2）清洁生产工作 制订下达油田清洁生产工作计划，指导各单位开展清洁生产推行工作，组织清洁生产审核验收、业务培训，配合中石化集团公司做好清洁生产审核验收。

（3）排污总量控制工作 分解下达油田排污总量指标，协调新建项目排污总量，对各单位总量控制完成情况进行考核，审核汇总并上报各单位排污申报登记年审及变更表，组织开展排污许可证的申请、排污总量的核定及上报，协助东营市搞好排污许可证的下发及年审。

（4）环保督查管理工作 制定油田环境保护现场监督检查计划，检查并监督各单位现场监督检查计划的实施，组织环境保护现场监督检查，编制现场监督检查情况报告，对各单位环保工作完成情况进行考核。

（5）环境监测管理工作 组织征集与发布环境保护科技论文，制定并组织实施油田环境监测计划，对监测任务完成情况进行考核，统计、汇总监测月报，编制并发布环境状况质量公报。

（6）环保宣传教育、环保培训管理工作 组织开展以"6.5"世界环境日为主的环保宣传教育活动，对各单位环境宣传活动进行总结评比，制订并实施环境保护培训工作计划，检查督导环境保护宣传与培训工作，组织开展环境管理、环境监测岗位培训。

（7）放射源管理工作 编制油田放射源管理规定，负责放射源管理工作的组织与实施，建立健全油田放射源台账及档案，对各单位放射源管理工作进行考核，组织开展油田放射源及电磁辐射申报。

（8）环境统计工作 研究制定油田环境统计报表制度并组织落实，审核汇总上报山东省环境统计年报、中石化集团公司环境统计月报、季报、年报，审核各级环境统计数据，组织油田环境统计信息系统的编制开发及维护，制订环境统计人员培训计划并组织实施。

2. 污染治理科

① 认真学习国家、省市、集团公司和油田环保法律、法规、政策和管理制度，跟踪国内外先进的环保管理和污染治理技术及标准，研究制（拟）订油田污染治理、内部排污收费、污染纠纷、资源综合利用等工作的有关规定办法。

② 在管理局暨有限公司和上级业务主管部门的领导下，编制胜利油田的环境保护规划、环保治理长远规划、年度计划，协调、审核环境保护专项规划，负责对环境监测工作的指导，组织综合性调研及重大专题调研，并负责监督实施。

③ 负责环境保护法律、法规和规章执行情况的检查督导，组织草拟油田环境保护规范性文件，承担规范性文件的合法性审核工作、环境保护行政复议工作，配合开展油田环境保护执法检查活动，参与重大污染事故和国家赔偿工作，负责环境保护油田合作与交流。

④ 承担环境保护科技工作，宣传贯彻各类国家、地方环境保护标准、基准和技术规范，组织协调环境保护科学研究与技术引进，管理环境保护科研项目和技术成果，指导和推动环境保护产业发展，参与指导和推动循环发展。

⑤ 负责研究并组织制定污染治理、内部排污收费、"三废"综合利用等管理制度和考核办法。

⑥ 制定并组织实施水体、大气、土壤、噪声、光、恶臭、固体废物、化学品等的污染防治措施、办法，会同有关部门做好监督管理，督查、督办、核查污染物减排任务完成情况，组织实施污染源限期治理和达标排放等管理制度，指导污染防治示范工程建设。

⑦ 负责主持并全面协调开展油田环境污染治理工作，污染治理资金的投放初审，做好环保隐患治理项目筛选、申报、方案编制与实施、验收建档工作，保证项目按期竣工投产。

⑧ 负责组织开展油田污染治理综合性、专业性和评价式检查，提升污染治理管理水平。

⑨ 提出环境保护领域固定资产投资规模、方向和市级专项资金安排的意见，负责各类环保专项资金使用管理，规范专项资金项目的实施、建档、验收，推动油田层面的污染防治工作。

⑩ 负责油田排污费的汇总管理、排污费集中征收和统一缴纳工作，并统筹做好年度排污费征缴计划、排污费剩余以及返还资金使用计划。

⑪ 组织环境保护重大科学研究和技术工程示范，推动环境技术管理体系建设，组织实施环境保护资质许可制度，负责油田内部、外部专业化治理单位的资质审查、市场准入管理，并负责对内部、外部专业化治理单位监督考核。

⑫ 组织实施危险废物转移联单制度，负责医疗废物集中处置活动的经营许可，按照规定负责污染防治设施、场所关闭、闲置或拆除审批工作，保证治理设施长期稳定运行，规范污染治理设施运行记录、台账和监督考核工作，确保油田污染治理设施的运行效果。

⑬ 组织环保干部培训，开展油田污染治理技术教育培训工作，提升油田污染治理技术水平。

⑭ 负责组织开展"三废"资源综合利用申报认定工作以及环保专用设备调查和减免退税工作。

⑮ 负责油田环保模范城复核以及文明城创建环保指标的调度、协调、汇报以及材料收集等工作。

⑯ 组织实施东营市环保目标责任、城市环境综合整治定量考核、生态市创建任务的分解、协调、调度和建档工作，确保各项任务顺利完成。

⑰ 负责重大环境问题的统筹协调和监督管理。牵头协调重特大环境污染事故和生态破坏事件的调查处理，指导、协调重特大突发环境事件的应急工作，协调处理油区环境污染纠纷、职工代表有关环境问题的上访和提案，维护油田及职工的合法权益。

三、考察路线

路线 1. 胜利油田科技展览中心

> **教学目标**：了解基本的石油勘探开发知识与技术、胜利油田开发建设概况和取得的科技成就。
>
> **教学内容**：参观胜利油田科技展览中心油田发展史厅、勘探开发厅和科技成就厅。
>
> **教学认识**：(1) 石油勘探开发的生产工艺过程；(2) 胜利油田经历了怎样的发展历程？取得了哪些科技成就？(3) 标志胜利油田诞生的是哪年打成的哪口井？中国第一口千吨以上的高产油井是哪口井？
>
> **教学要求**：(1) 预习本章第一、二、三节的相关内容；(2) 认真记录参观内容。

胜利油田科技展览中心简介

胜利油田科技展览中心占地面积 $15000m^2$，建筑面积 $6600m^2$，有油田发展史厅、勘探开发厅和科技成就厅三个展厅。

(1) 油田发展史厅 油田发展史厅分六个部分讲述了胜利油田的发展历史。六部分分别为：亲切关怀，巨大鼓舞；艰苦创业，建成全国第二大油田；勇挑重担，多作贡献；二次创业，持续稳定发展；胜利文化；从胜利走向胜利。

(2) 勘探开发厅 勘探开发厅展示了胜利油田勘探开发的历程，包括石油地质科普和勘探开发两个展室。石油地质科普展室通俗地介绍了宇宙太空和地球的科普知识，岩石圈和生物圈，海陆变迁和沉积盆地，油气生成、运移和聚集，油气田勘探开发的主要工艺技术以及石油和天然气的应用价值。勘探开发展室主要展现胜利油区的勘探开发历程，石油地质特点，地质科学研究及开发油气藏的经验，最后，展望胜利油田广阔的发展前景。

(3) 科技成就厅 科技成就厅展示了胜利油田所取得的科技成就，其中具有胜利特色的十大应用配套技术有：①复式油气区生油及勘探理论；②以三维地震、油藏描述、数控测井为主的滚动勘探开发配套技术；③深井、定向井、水平井、侧钻水平井、丛式井、多目标井为主的快速、优质钻井配套技术；④浅海、滩海油田勘探、开发、工程建设配套技术；⑤以精细油藏描述、大面积堵水调剂、综合治理为主的高含水、特高含水油藏稳油控水配套技术；⑥以压裂酸化为主的低渗透油藏改造配套技术；⑦稠油热采配套技术；⑧化学驱三次采油技术；⑨勘探开发全过程油层保护技术；⑩特高含水期集输系统节能降耗配套技术。胜利油田在技术上的显著成就，巨大地推动了我国整个石油开采工业的发展。

路线 2. 胜利油田环境监测总站

教学目标：（1）了解油田环境保护的主要工作内容；（2）了解环境监测的目的和分类、环境监测内容、监测仪器设备和基本的监测分析方法等。

教学内容：（1）听专家讲座——油田环境保护；（2）参观胜利油田环境监测总站相关实验室和大气自动监测站。

教学认识：（1）油田环境保护工作的主要内容；（2）胜利油田环境监测站的主要工作任务，实验室的分类及主要测试分析的项目，使用的监测仪器和分析方法；（3）大气自动监测站主要的监测项目、监测时间、数据的传输与统计等。

教学要求：（1）预习"胜利油田环境监测总站概况"这部分内容；（2）分成两组进行实验室参观；（3）认真记录考察内容。

1. 胜利油田环境监测总站概况

胜利油田管理局环境监测总站于 1985 年成立，隶属胜利油田有限公司技术检测中心，业务归口于局安全环保处，是集环境监测、环境影响评价、环境污染治理研究、环境监督和技术咨询服务于一体的综合性环境保护技术机构。拥有仪器设备资产 1400 多万元，实验室面积 3000 余平方米，各类仪器设备 200 余台（套），站内下设检测一室、检测二室、质控室、评价室、治理研究室和综合室共 6 个业务室。1997 年成为国家海洋局北海分局海洋环境监测网成员单位，1999 年确立为中国石化集团公司油田行业环境监测中心站，2001 年确立为胜利石油管理局重点实验室，2005 年确认为中国石油大学（北京）环境科学专业教学实习基地。

资质方面，2002 年在石化行业率先通过了国家实验室认可/计量认证二合一评审，2006 年通过检测中心整体实验室认可/计量认证，具备六大类 112 个项目的监测能力；1993 年取得山东省环境保护局核发的建设项目乙级环境影响评价资质，1999 年取得国家环保总局核发的环境影响评价乙级评价证书，经多次扩项申请，目前具备采掘类、化工石化医药类、交通运输类、社会区域类评价资质；2005 年取得山东省环保局核发的环保咨询服务资质证书。

近年来，在集团公司安全环保局、胜利油田安全环保处及兄弟油田环保部门的大力支持与帮助下，胜利石油管理局环境监测总站业务发展很快，除完成本油田的环保工作外，还受集团公司安全环保局的委托，和兄弟油田一起承担完成了"集团公司油气田企业环境现状调查"、"集团公司油气田企业地下水环境现状调查"等重点工作，每年为胜利油田提供 5 万余项次的环境监测数据，先后完成了大小 400 余个油田和东营市新建工程的环境影响评价和验收工作；积极参与油田内重点污染源的治理工作，为油田重点污染治理项目提供技术支持，提出的"利用氧化塘技术处理桩西联采油废水"和"利用粉煤灰和氧化塘处理现河首站采油废水"的项目，付之工程后取得明显的环境效益和经济效益；承担了多项省部级及油田科研课题并取得较多奖项，多次获得"国家环境监测网优秀监测站"、"胜利油田先进环境监测站"等荣誉称号，连续 6 年获得油田"名牌监测站（所）"荣誉称号。

2. 实验室和大气自动监测站参观

（1）实验室 参观的实验室分为以下三类。

第一类为化学分析实验室：包括气体采样准备室、标准样品室、样品交接室、天平室、仪器室、油类样品准备室和分析室（该监测站有 6 个分析室）。

第二类为大型仪器实验室：包括原子吸收分析室、红外光谱室、离子色谱室、气相色谱分析室、原子荧光分析室、TOC 分析室、环境工程实验室等。

第三类为生物实验室。

各实验室测试分析项目及使用的仪器情况见表 3-2。

表 3-2 实验室测试分析项目及使用的仪器情况表

实验室分类	实验室名称	测试分析项目	使用的仪器
化学分析实验室	仪器室	烟气、烟尘、大气、H_2S	大气采样器、噪声分析仪、便携式气体分析仪、便携式气象测定仪、土壤采样器、防护设备等
	油类样品准备室	油类	CQ-5Ⅱ自动萃取仪、EK-1、CCl_4 萃取装置、电流温度控制器、烘箱
	分析室(1)	溶解氧、生化需氧量、硫酸盐、总硬度、余氧	生化培养箱
	分析室(2)	氨氮、总氮、凯氏氮、硝酸盐氮、总磷、无机磷、总铁、酸度、碱度	
	分析室(3)	硫化物、LAS、总铬	
	分析室(4)	六价铬、挥发酚、氰化物、总氰化物、甲醛、苯胺、硝基苯	
	分析室(5)	氟化物、化学需氧量、高锰酸盐指数	COD 恒温加热器
	分析室(6)	悬浮物、全盐量、pH 值、色度、浊度、氟化物、亚硝酸盐氮	离子活度计、液体浊度仪、数字式酸度计、精确 pH 计
大型仪器实验室	气相色谱分析室	总烃、非甲烷总烃、苯系物、烃组分	GC112A 气相色谱仪(烷烃)、6890N 气相色谱仪、7809A 气相色谱仪(天然气 C1-6)
	原子荧光、TOC 分析室	砷、汞、TOC	双道原子荧光光度计、超纯水仪
	红外光谱室	油类	红外光谱仪、氮气发生器
	原子吸收室	铜、铅、锌、镉、钾、钠、钙、镁、铁、镍	AA-6300 原子吸收分析光度仪(水体污染严重)、FS90 原子吸收分析光度仪(水体污染轻)
生物实验室	生物分析室	细菌总数、总大肠菌群、类大肠菌群	恒温恒湿培养箱、高压灭菌箱、电热恒温培养箱、无菌室(紫外线)

在实验室参观中，要求学生记录所参观的每一个实验室的名称、测试分析的项目和所使用的仪器与方法等；了解分析仪器，如电子天平、恒温恒湿培养箱、气相色谱仪、分光光度计、离子色谱仪等。

(2) 大气自动监测站 大气污染自动监测站是设在固定位置上对大气质量进行连续自动采样和测定，并对测定的数据进行存储和传输的设施，它是大气污染连续监测系统的组成部分，是一个装有采样装置、污染物连续监测仪器、气象参数测定仪器、数据传输及其辅助装置的实验室。监测项目有二氧化硫、一氧化碳、氮氧化物、臭氧、总烃及颗粒物等。

路线 3. 钻井现场

受钻井周期的影响（胜利油田一般钻井深 2000～3000 多米，大约需要 30 天左右），实习中考察的钻井现场不是固定的，需根据实习期间油田钻井作业施工的具体情况而定。钻井现场考察的教学目标、内容、认识和要求等如下所示。

教学目标：（1）了解钻井作业中的主要环境问题及其防治措施；（2）掌握AWA6218B型噪声统计分析仪的使用和噪声监测方法。

教学内容：（1）现场技术人员介绍钻井施工现场的基本情况；（2）在技术人员的带领下，到井台参观废弃钻井液的净化设备，废弃钻井液固液分离后钻井岩屑、废弃泥浆的处理；（3）实测钻井现场噪声。

教学认识：（1）钻井队名称、井的类型、预期钻井深度、周期、使用钻井液类型等；（2）钻井现场对钻井废水（主要是废弃钻井液）、废气、固体废物（钻井岩屑和生活垃圾）、噪声都采取了怎样的处理措施？还存在什么问题？（3）噪声监测结果如何？

教学要求：（1）预习本章第一、二、三节的相关内容；（2）认真记录实地考察内容；（3）噪声监测工作分4个小组进行，要求监测结果准确、可靠；（4）接受安全教育，严格遵守现场安全管理规定，佩戴安全帽。

路线 4. 井下作业现场

同钻井现场一样，实习中考察的井下作业现场也不是固定的，也需根据实习期间油田井下作业施工的具体情况而定。井下作业现场考察的教学目标、内容、认识和要求等如下所示。

教学目标：了解井下作业过程产生的环境问题及采取的防治措施。

教学内容：（1）现场技术人员介绍井下作业施工现场的基本情况；（2）在技术人员的带领下，参观井下作业过程中产生的废水的处理，落地原油的防护；（3）实测井下作业现场噪声。

教学认识：（1）井下作业施工队名称、井下作业类型（试油、大修、压裂或小修等）、井下作业周期；（2）井下作业过程中产生的主要环境问题有哪些？（3）井下作业现场对产生的主要环境问题采取了怎样的处理措施？还存在什么问题？

教学要求：（1）预习本章第一、二、三节的相关内容；（2）认真记录实地考察内容；（3）接受安全教育，严格遵守现场安全管理规定，佩戴安全帽。

路线 5. 胜利油田桩西采油厂污水处理厂

教学目标：（1）了解油田采油作业中采油废水的来源、特点、废水中主要的污染物及采油废水的处理；（2）通过测定不同处理阶段污水的水温和pH，训练学生的动手操作能力，掌握PHBJ-260型便携式pH计和TES-1310热电偶测温计的使用方法。

教学内容：（1）由专业技术人员（外聘指导教师）集中介绍桩西采油厂概况和采油废水处理系统概况；（2）实地考察桩西采油厂长堤外排污水处理系统的污水处理设备设施、处理工艺流程和处理效果等；（3）不同处理工艺阶段（隔油池、降温曝气沟、氧化塘等）水温和pH的测定。

教学认识：（1）桩西采油厂采油废水处理系统的组成；（2）长堤外排污水处理系统污水处理设备设施、处理工艺、流程和处理效果；（3）不同处理工艺阶段水温和pH的变化。

教学要求：（1）预习预习本章第一、二、三节的相关内容；（2）认真记录实地考察内容，绘制隔油池、降温曝气沟、氧化塘平面草图；（3）水温和pH监测分4个小组进行，要求监测结果准确、可靠。

1. 桩西采油厂污水处理系统介绍

（1）桩西采油厂概况 胜利油田经过 40 多年的开发，目前已进入高含水、高采出率及高含砂的"三高"开采时期。全油田综合含水率为 90%，其中大部分经处理后回注，少部分外排，主要集中在 3 个采油厂的采油废水外排口，分别是现河采油厂、孤东采油厂和桩西采油厂。

桩西采油厂位于胜利油田东北角，建于 1989 年底，经过 20 年来的开发和建设，桩西采油厂已经成为胜利油田主要原油生产基地之一。采油厂陆上油区面积 550km²，滩海油田油区面积 170km²，管理着桩西、长堤、老河口、五号桩等四个油田，现有油水井 889 口，注水站 11 座，接转站 9 座，联合站 1 座。年生产原油 $88×10^4$t，年回注污水量 $300×10^4$m³，污水回注率 70%，污水处理达标率 100%，外排污水 $2.8×10^4$m³/d，外排达标率 100%（包括外单位污水约 $0.5×10^4$m³/d）。

（2）采油厂环保机构设置 采油厂设有安全环保科，工作人员 13 人，采油厂主要生产单位设专职环保员，共有 13 人，辅助单位设兼职环保员，共有 12 人。

（3）采油厂采油废水产生量 截至 2004 年 12 月，桩西采油厂（不含古潜山和金角、大明等油公司）共有油水井 889 口，其中油井 668 口，水井 221 口。油井开井 490 口，日液水平 33257m³/d，日油水平 2414m³/d，综合含水 92.76%；水井开井 131 口，日注水平 8503m³/d，日外排污水 22340m³/d；此外，还有古潜山、大明、东胜等油公司污水 1540m³/d，海洋公司来水 4300m³/d；桩西采油厂总计日外排污水 28180m³/d。其产液量、注水量及污水外排量数据如表 3-3 所示。

表 3-3 桩西采油厂 2004 年采注液量及外排污水构成一览表

单位	开油井 /口	产液量 /(m³/d)	产油量 /(m³/d)	含水 /%	开水井 /口	注水量 /(m³/d)	外排污水量 /(m³/d)
桩西采油厂	490	33257	2414	92.8	131	8503	22340
古潜山、油公司	56	2190	650	70.3			1540
海洋开发							4300
合计							28180

（4）采油废水处理系统 桩西采油厂处理污水系统主要包括桩西联合污水站处理系统、接转站分水处理系统和长堤外排污水处理系统。油井来水首先被输送到接转站进行处理，桩西采油厂共有接转站 9 座，分别是位于桩一区的桩 1、52、74、89、长堤接转站和位于桩二区的桩 82、104、106 和 130 接转站。其中，进入桩 1 和长堤接转站的污水经分水处理系统处理后输送至长堤污水处理站；进入桩 82 和 106 接转站的污水经分水处理系统处理后就近回注；其他接转站中的污水则被输送至桩西联合污水站处理系统。进入桩西联合污水站处理系统的水经过处理后按 3000m³/d 回注地下，剩余污水则被送往长堤外排污水处理系统，长堤污水处理站处理后的水也进入长堤外排污水处理系统（图 3-9）。以下重点介绍桩西联合污水站处理系统和长堤外排污水处理系统的处理工艺和处理效果等。

① 桩西联合污水站处理系统 桩西联合污水站设计处理能力 20000m³/d，主要担负桩西采油厂、海洋开发公司和其他油公司的污水处理。该站于 1994 年投产，1997、1998 年连续 2 年先后对污水处理工艺进行了改造，以确保污水水质的达标。

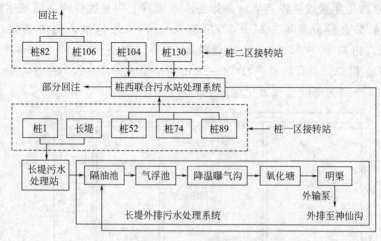

图 3-9　桩西采油厂污水处理系统图

桩西联合污水站处理流程见图 3-10。来自于桩一区的桩 52、74 和 89 接转站和桩二区的桩 104 和 130 接转站的来水首先进入粗粒化除油罐，经提升泵至压力斜管沉降罐，然后经一级核桃壳过滤和二级双滤料过滤后，部分再经过三级膜过滤系统后输往注水站；剩余部分至外排缓冲罐，经外排水泵提水外输至长堤外排污水处理站。

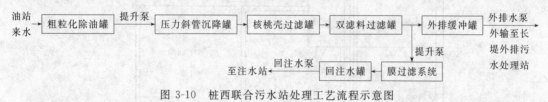

图 3-10　桩西联合污水站处理工艺流程示意图

目前，实际处理水量约为 18000m³/d，回注水量约 3000m³/d，剩余污水约 15000m³/d，出水含油 10mg/L 左右，送往长堤外排污水处理系统。

② 长堤外排污水处理系统　桩西采油厂长堤外排污水处理站包括两个四级隔油池、一级气浮池、三级氧化塘、外输泵房等四个部分，主要承担桩西联合污水站和长堤污水处理站剩余污水的外排达标处理。处理工艺流程：隔油池→提升水池→提升泵→气浮池→三级氧化塘→明渠→外输泵站→神仙沟外排。

桩西外排污水处理系统分五期建设（1999～2009 年），一期工程（隔油池）于 1999 年10 月建成投产，投资 490 万元，设计处理能力 10000t/d，采用三级隔油对联合站处理后的污水进行进一步除油处理后外排；二期工程（氧化塘）于 2000 年 10 月建成投产，投资 940万元，设计处理能力 15000t/d，采用生物氧化塘技术处理外排污水，氧化塘占地面积 150亩（1 亩≈666.67m²）；三期污水改道工程于 2003 年 1 月投产，投资 1700 万元，设计外输能力 45000t/d，将污水外排口由桩 203 排涝站改至神仙沟，实现合理合法排污；四期污水改扩建工程于 2006 年 7 月投产，投资 2100 万元，设计处理能力 36000t/d，工程主要内容包括新建处理能力 26000t/d 隔油池一座，新建面积 90 亩氧化塘一座，与原氧化塘串联运行；五期外排污水改造工程于 2009 年 7 月建成投产，投资 1980 万元，设计处理能力维持36000t/d 不变，工程主要内容是增设气浮选工艺，提高石油类、大分子颗粒物和悬浮物等污染物的去除率，改善生化条件，强化氧化塘内厌氧处理和好氧处理。

桩西外排污水处理站自二期工程（氧化塘）投产以来，外排污水实现了稳定达标外排，特别是外排污水改造工程竣工投产后，外排污水水质有了明显的提高，稳定达到了《山东省海河流域水污染综合排放标准》（DB 37/675—2007）二级标准。监测结果：COD_{Cr} 进口 160～200mg/L，出口 60～85mg/L，处理效率 60%；氨氮进口 10～20mg/L，出口 8～12mg/L，处理效率 33%；石油类进口 12～25mg/L，出口 0.5～2.5mg/L，处理效率 92%。图 3-11、图 3-12 分别为隔油池和氧化塘的平面示意图。

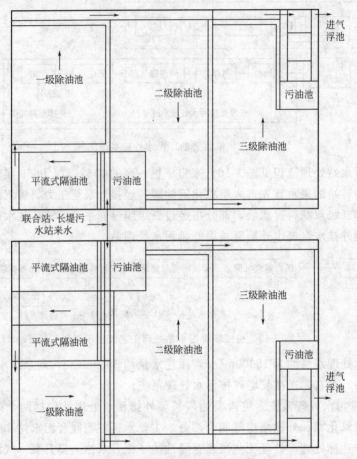

图 3-11 隔油池平面示意图

改建工程运行以来，污水实现了稳定达标外排，主要污染物监测指标为：石油类 3～5mg/L，COD_{Cr} 为 70～120mg/L，挥发酚小于 0.2mg/L，硫化物未检出，pH 值为 8.0，各类污染物浓度均好于国家规定排放标准。表 3-4 为桩西采油厂长堤外排污水改建工程前后进口和出口水质对比表。

表 3-4 桩西采油厂长堤外排污水改建工程前后出水水质对比表

水质指标 进、出口	石油类/(mg/L)	COD_{Cr}/(mg/L)	挥发酚/(mg/L)	硫化物/(mg/L)	pH
改建工程前出口	3～5	70～130	0～0.3	0～0.5	
改建工程后 出口	3～5	70～120	<0.2	未检出	8.0
进口	15～40	160～220	1～2	4～7	

表 3-5、表 3-6 分别为 2001～2004 年长堤外排污水处理系统隔油池进口和氧化塘出口水质监测数据表。通过进口水质和出口水质的比较可以分析处理效果。

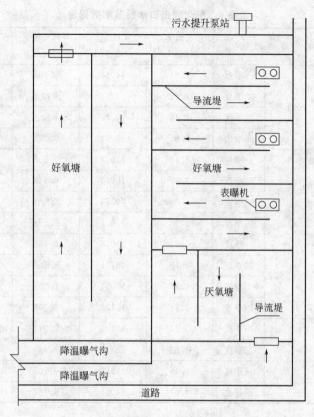

图 3-12　氧化塘平面示意图

表 3-5　长堤外排污水处理系统隔油池进口水质监测数据表

序号	采样点	监测时间		石油类/(mg/L)	COD$_{Cr}$/(mg/L)	挥发酚/(mg/L)	硫化物/(mg/L)	pH
1	隔油池进口	2001 年	一季度	12.97	179.6	0.906	4.38	7.41
2	隔油池进口		二季度	16.08	182.7	1.05	3.81	7.44
3	隔油池进口		三季度	13.92	188.9	1.17	4.96	7.47
4	隔油池进口		四季度	14.75	190.6	0.971	5.12	7.43
5	隔油池进口	2002 年	一季度	14.92	187.5	1.02	5.14	7.45
6	隔油池进口		二季度	22.28	195.2	1.14	5.68	7.50
7	隔油池进口		三季度	15.61	192.4	0.968	6.18	7.52
8	隔油池进口		四季度	17.96	196.9	1.08	5.91	7.49
9	隔油池进口	2003 年	一季度	16.81	192.8	1.05	6.34	7.47
10	隔油池进口		二季度	19.79	197.4	0.995	6.58	7.53
11	隔油池进口		三季度	28.39	188.6	0.971	6.17	7.57
12	隔油池进口		四季度	33.61	200.4	1.16	6.61	7.54
13	隔油池进口	2004 年	一季度	34.25	202.3	1.06	6.97	7.49
14	隔油池进口		二季度	44.86	214.1	1.18	6.73	7.58
15	隔油池进口		三季度	28.15	218.4	1.05	7.15	7.55
16	隔油池进口		四季度	39.71	216.9	1.27	7.31	7.54

表 3-6　氧化塘出口水质监测数据表

序号	采样点	监测时间		石油类 /(mg/L)	COD$_{Cr}$ /(mg/L)	挥发酚 /(mg/L)	硫化物 /(mg/L)	pH
1	氧化塘出口		一季度	1.04	64.18	0.105	未检出	7.84
2	氧化塘出口	2001 年	二季度	2.71	72.58	未检出	未检出	7.88
3	氧化塘出口		三季度	2.48	70.27	未检出	未检出	7.96
4	氧化塘出口		四季度	2.85	99.14	0.271	未检出	7.93
5	氧化塘出口		一季度	3.18	110.8	0.296	未检出	7.91
6	氧化塘出口	2002 年	二季度	3.37	102.4	0.143	未检出	7.95
7	氧化塘出口		三季度	4.06	89.54	未检出	未检出	8.08
8	氧化塘出口		四季度	3.12	116.1	0.282	未检出	7.86
9	氧化塘出口		一季度	3.63	119.3	0.368	未检出	7.89
10	氧化塘出口	2003 年	二季度	4.19	107.6	未检出	未检出	7.96
11	氧化塘出口		三季度	4.37	97.66	未检出	未检出	8.13
12	氧化塘出口		四季度	3.94	121.8	0.306	未检出	7.91
13	氧化塘出口		一季度	5.07	131.3	0.341	未检出	7.89
14	氧化塘出口	2004 年	二季度	4.89	124.5	0.138	未检出	7.96
15	氧化塘出口		三季度	5.16	118.2	0.105	未检出	7.90
16	氧化塘出口		四季度	4.61	145.5	0.327	未检出	7.86

2. 实地考察

重点考察长堤外排污水处理系统。考察从隔油池开始，经气浮池、降温曝气沟、三级氧化塘、明渠、提升泵站，最后到神仙沟排放口。考察中要求学生在了解废水处理原理、方法、工艺和处理效果的同时，还要注意从水的色、味、浊度等外观上观察其变化，做好野外记录，绘制隔油池、降温曝气沟、氧化塘平面草图。

3. 水温及 pH 测定

分成四个小组，水温测定使用 TES-1310 热电偶测温计，pH 测定使用 PHBJ-260 型便携式 pH 计，测定方法分别见附录Ⅰ和附录Ⅱ。

（1）监测点确定　设以下三个监测点。

监测点 1：隔油池进水口；

监测点 2：降温曝气沟出口；

监测点 3：氧化塘出水口。

（2）监测记录　在每一测点测量时，按表 3-7 填写记录内容。

表 3-7　桩西采油厂长堤外排污水处理厂水温和 pH 监测记录表

监测点号	测点位置	水温/℃	pH
监测点 1	隔油池进水口		
监测点 2	降温曝气沟出口		
监测点 3	氧化塘出水口		

（3）监测分析　比较三个监测点的水温和 pH 实测值，对测定结果进行简单分析。

第四章

工业企业环境保护

工业企业是一个以生产产品的活动为主线的小系统，它从环境中获取资源和能源，生产出产品供人类消费，向环境中输出废物，整个系统是一个以工业生产活动为主体的人工生态系统，其特点是资源、能源消耗量大，物质循环、转化速度快，较自然循环要大很多倍。正因如此，工业企业生产活动被认为是使环境遭受巨大压力的直接原因，像钢铁、水泥、造纸、化工、火力发电、电镀、印染和制革等行业都是资源、能源消耗高、污染严重的行业。

工业企业环境保护的实习教学内容，以东营市有代表性的两大企业——胜利发电厂和胜利油田石化总厂为考察对象，通过请企业专业技术人员（外聘指导教师）介绍企业环保工作和实地考察"三废"、噪声的产生和治理情况等，使同学们了解火力发电和石油加工过程中产生的主要环境问题、防治措施和企业环境管理的相关内容。

本章的环境监测项目有企业噪声监测和企业污水处理厂出水水质的 pH 监测等。

第一节　火力发电业的环境保护

一、火力发电相关知识

（1）火力发电概念　火力发电是利用煤、石油和天然气等固体、液体、气体燃料燃烧时产生的热能，通过发电动力装置转换成电能的一种发电方式。在所有发电方式中，火力发电是历史最久的，也是最重要的一种。

（2）火力发电类型　按其作用分单纯供电的和既发电又供热的（热电联产的热电厂）；按原动机分汽轮机发电、燃气轮机发电和柴油机发电。按所用燃料主要分燃煤发电、燃油发电和燃气发电。在大城市和工业区应实施热电联供。

（3）火力发电系统　主要由燃烧系统（以锅炉为核心）、汽水系统（主要由各类泵、给水加热器、凝汽器、管道、水冷壁等组成）、电气系统（以汽轮发电机、主变压器等为主）和控制系统等组成。前二者产生高温高压蒸汽（燃气轮机发电和柴油机发电无此系统）；电气系统实现由热能、机械能到电能的转变；控制系统保证各系统安全、合理、经济运行。各系统的组成、功能及流程见表 4-1。

（4）火力发电的流程　火力发电的流程依所用原动机而异。汽轮机发电的基本流程是先将燃料送进锅炉，同时送入空气，锅炉注入经过化学处理的给水，利用燃料燃烧放出的热能使水变成高温、高压蒸汽，驱动汽轮机旋转做功而带动发电机发电；燃气轮机发电的基本流程是用压气机将压缩过的空气压入燃烧室，与喷入的燃料混合雾化后进行燃烧，形成高温燃

表 4-1 火力发电系统各系统的组成、功能及流程

系统名称	组 成	功 能	流 程
燃烧系统	燃烧室(即炉膛)、送风装置、送煤(或油、天然气)装置、灰渣排放装置	完成燃料的燃烧过程,将燃料所含能量以热能形式释放出来,用于加热锅炉里的水	烟气流程、通风流程、排灰除渣流程
汽水系统	给水泵、循环泵、给水加热器、凝汽器、除氧器、水冷壁及管道系统	是利用燃料的燃烧使水变成高温高压蒸汽,并使水进行循环	汽水流程、补给水流程、冷却水流程
电气系统	电厂主结线、汽轮发电机、主变压器、配电设备、开关设备、发电机引出线、厂用结线、厂用变压器和电抗器、厂用电动机、保安电源、蓄电池直流系统及通信设备、照明设备	保证按电能质量要求向负荷或电力系统供电	供电用流程、厂用电流程
控制系统	锅炉及其辅机系统、汽轮机及其辅机系统、发电机及电工设备、附属系统	对火电厂各生产环节实行自动化的调节、控制,以协调各部分的工况,使整个火电厂安全、合理、经济运行	汽轮机自起停、自动升速控制流程、锅炉燃烧控制流程、灭火保护系统控制流程、热工测控流程、自动切除电气故障流程、排灰除渣自动化流程

气进入燃气轮机膨胀做功,推动轮机的叶片旋转并带动发电机发电;柴油机发电的基本流程是用喷油泵和喷油器将燃油高压喷入汽缸,形成雾状,与空气混合燃烧,推动柴油机旋转并带动发电机发电;热电联产方式则是利用原动机的排汽(或专门的抽汽)向工业生产或居民生活供热。

(5) 发电效率　火力发电中,燃料蕴藏的能量只有一部分能转换为电能,其余的通过各种途径损耗掉,包括锅炉、汽轮机、排汽、发电机和管道系统的损耗等。这种把热能转换为电能的百分比就是火电厂的发电效率。至 20 世纪 80 年代,世界最好的火电厂发电效率只能达到 40％左右,大型供热电厂的热能利用率也只能达到 60％～70％。

二、火力发电的环境问题与防治

(一) 环境问题

火力发电中以燃煤发电产生的环境问题尤为严重,而目前我国火电厂 95％左右以燃煤为主。燃煤火电厂的环境问题主要有燃煤排放的烟气对环境的污染、各类设备运行中排出的废水、废液对环境的污染以及企业运行时产生的噪声对人体健康的危害等。

1. 烟气污染

火电厂煤炭燃烧排放的烟气中主要污染物有烟尘、SO_2 和 NO_x 等。

烟尘飘浮于大气中,不仅本身污染环境,还会与 SO_2 和 NO_x 等有害气体结合,加剧对环境和人群健康的危害。

SO_2 排放是造成我国大气污染及酸雨不断加剧的主要原因。据我国历年全国环境统计公报和电力环境监测站的统计资料分析,1998 年我国火电厂排放的 SO_2 占全国排放总量的1/3左右,2000 年占到 40％以上,到 2005 年已占全国排放总量的 50％以上。

火电厂排放的 NO_x 中主要是 NO,占 NO_x 总浓度的 90％以上,吸入 NO,可引起变性血红蛋白的形成并对中枢神经系统产生影响。NO 氧化形成 NO_2 则对人体的危害性更大,因为 NO_2 比 NO 的毒性高 4 倍,可引起肺损害,甚至造成肺水肿,慢性中毒可致气管、肺

病变。

2. 废水污染

火电厂的废水主要有冲灰水、除尘水、工业污水、生活污水、酸碱废液和热排水等。除尘水、工业污水一般均排入灰水系统。酸碱废液主要来自锅炉给水系统,一般都排入中和池,中和以后再排出。热排水主要是经过凝汽器以后排出的循环水,一般排水温度要比进水温度高8℃。如热水排入水域后超过水生生物承受的限度,则会造成热污染,对水生生物的繁殖、生长均会产生影响。

3. 粉煤灰渣

粉煤灰渣是煤燃烧后排出的固体废物。其主要成分是 SiO_2、Al_2O_3、FeO、CaO、MgO 及部分微量元素。若不很好地加以处置而排入环境任意堆放,则会造成对水体、大气和土壤的污染。

4. 噪声干扰

火电厂的噪声主要有锅炉排汽的高频噪声、设备运转时的空气动力噪声、机械振动噪声以及电工设备的低频电磁噪声等。其中以锅炉排汽噪声对环境影响最大,排汽噪声最大可达130dB(A)。

(二) 防治措施

1. 烟气污染防治

(1) 烟尘的防治

① 采用高效率除尘器 如电除尘器的效率高达99%,最高可达99.9%。

② 采用高烟囱 高空排放可降低近地面烟尘浓度,美国采用了世界最高的烟囱(368m)。但过分加高烟囱并非有效的防治方法,因为高烟囱虽可降低污染物的近地面浓度,但却把污染物扩散到更大的区域。

(2) SO_2 的防治 火电厂减排 SO_2 的主要途径有燃用低硫煤、煤炭洗选、洁净煤燃烧技术和烟气脱硫。

① 燃用低硫煤 降低燃煤含硫量是减少 SO_2 排放量最简单的办法。我国目前已采取烟气脱硫措施的火电机组容量仅 $500 \times 10^4 kW$ 左右,绝大多数火电厂还没有采取脱硫措施。"九五"期间 SO_2 排放的减少,主要是通过关停小火电机组和"两控区"内的火电厂换烧低硫煤实现的。根据我国的能源政策,低硫煤主要保证民用和用作工业原料的需要。如果用煤量大、技术装备水平较高的燃煤电厂燃用低硫煤,则不仅将造成全国低硫煤资源供应的紧缺,而且将导致中高硫煤转移到技术装备水平较差的其他工业炉窑或民用方面使用,从而增加全国 SO_2 排放控制的难度和治理 SO_2 污染所付出的经济代价。因此,燃用低硫煤不能作为减排 SO_2 的主要手段。

② 煤炭洗选 煤炭洗选技术是一种采用物理、化学或生物方法除去或减少煤中所含的硫分、灰分的洁净煤技术。煤炭经洗选后不仅可以脱除一定的灰分和硫分,同时热值也有所提高,平均而言,其热值将提高10%以上,也就是说,洗后煤与原煤相比,节煤率约为10%。但我国高硫煤产区中,煤中有机硫成分都较高,很难用煤炭洗选的方法达到有效控制 SO_2 排放的目的。目前,由于技术水平和发展速度的限制,燃用洗选煤只能作为削减 SO_2 排放的一个手段,单靠它尚不能满足火电厂环境保护的需要。

③ 洁净煤燃烧技术 近十几年来,在多数国家发展烟气脱硫的同时,洁净煤发电技术

也得到了积极的研究与开发。美国是投入较多的国家之一。目前工业发达国家成熟的已经商业化运行的有常压循环流化床锅炉（CFBC）、加压循环流化床锅炉（PFBC）、煤气联合循环发电（IGCC），但单机容量都不大，国内目前尚处于引进技术和示范试验阶段。

④ 烟气脱硫　烟气脱硫是控制 SO_2 污染的主要技术手段。烟气脱硫技术开发于 20 世纪 60 年代，到 70 年代后期已出现 200 多种脱硫技术。到 80 年代，各种脱硫技术在竞争中不断完善。按照国外排放标准的要求，美国、欧盟的新建火电厂必须安装脱硫装置，日本的燃煤火电厂全部安装了脱硫装置。尽管各国开发的烟气脱硫方法很多，但真正进行工业应用的方法仅是有限的十几种。其中湿式洗涤法占主导地位。湿法烟气脱硫技术以其脱硫效率高、运行可靠性好、适应范围广、技术成熟、副产物可作商品出售等优势，逐步被广大用户所接受，成为世界上脱硫市场中占统治地位的脱硫技术。自 20 世纪 80 年代开始，我国从国外近百种比较成熟的脱硫技术中有选择地引进了几种烟气脱硫工艺，建成一批工业脱硫装置和大型工业性示范工程。如重庆珞璜电厂湿式石灰石-石膏烟气脱硫、太原第一热电厂简易湿式石灰石-石膏烟气脱硫、山东黄岛电厂旋转喷雾干燥脱硫、深圳西部电厂海水烟气脱硫、南京下关电厂炉内喷钙尾部增湿脱硫、成都热电厂电子束脱硫等项目已投入运行。就单项研究指标来讲，我国有些脱硫装置已达到了国际先进水平，但就整体水平来说，与国外发达国家还相差甚远。主要表现在：缺少成套技术、设备可靠性差、自动化程度低、工艺设计尚未达到优化，特别是在商品化、企业化和资本运营方面仅处于初级发展阶段，尤其缺少大型电站锅炉烟气脱硫成套技术及相关运行管理经验。

将烟气除硫系统与回收硫的综合利用相结合，还可回收硫黄、硫酸或硫酸铵等副产品。

（3）氮氧化物控制技术　控制火电厂 NO_x 排放的措施分两大类。一类是通过燃烧技术的改进（包括采用先进的低 NO_x 燃烧器）降低 NO_x 排放量；另一类是尾部加装烟气脱硝装置，其优点是可将其排放量降至 $200mg$（标准状态）$/m^3$ 以下，但其初期投资及运行费用高。

在降低火力发电厂 NO_x 排放的众多方法中，选择性催化还原脱硝法（SCR 法）以其成熟的技术和良好的脱硝效果得到了世界各国的普遍重视。SCR 法是在 20 世纪 70 年代末 80 年代初首先由日本发展起来的，并从 80 年代中期开始在几年时间里迅速在日本、西欧、美国等国家电站得到了应用。采用该方法能达到 $80\%\sim90\%$ 的 NO_x 降低率。国内采用 SCR 脱硝系统的电厂目前只有福建漳州后石电厂。

目前，国外对联合脱硫脱硝的研究开发工作十分活跃。与单独采用脱硫或脱硝工艺相比，在一个系统内同时脱硫脱氮的工艺有很大的优越性，如减少系统复杂性、更好的运行性能以及低成本。

（4）CO_2 的减排　CO_2 对温室效应的贡献超过 65%，而人类活动排放的 CO_2 主要源于化石燃料的燃烧利用。尤其是在大型工业生产过程中的应用，如电厂、水泥窑炉、工业和钢铁生产企业所用的锅炉。当我们面临 CO_2 减排的挑战时，从这些燃烧过程后的烟气中捕集 CO_2 就显得尤为重要。图 4-1 为燃煤电厂燃烧后 CO_2 捕集系统流程图。

从燃烧排气中分离回收 CO_2 的技术目前主要有吸收分离法、膜分离法、吸附分离法、富氧燃烧技术、低温分离法、复合分离法和化学链燃烧技术等。其中，吸收分离法按照吸收分离原理的不同，分为化学吸收法和物理吸收法，化学吸收法是通过 CO_2 与溶剂发生化学反应来实现 CO_2 的分离并借助其逆反应进行溶剂再生，通常采用热碳酸钾或者醇胺类水溶液作为吸收剂，具有较高的 CO_2 吸收速率，CO_2 纯度可达 99.99%，适合 CO_2 浓度较低的混合气体的处理。

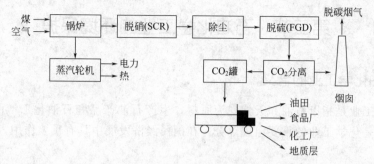

图 4-1　燃煤电厂燃烧后 CO_2 捕集系统流程图

2. 废水污染防治

废水污染防治要综合考虑污水的来源、水量和水质，污水输送集中的方式，污水处理装置的设置和处理方法，污水处理后的排放和回收利用，以及水体、土壤等自净能力诸因素，采取综合防治措施。水污染的综合防治要综合考虑水资源规划、水体用途、经济投资和自净能力，以人工处理与自然净化相结合、无害化处理与综合利用相结合为原则，推行闭路循环用水系统，发展无废水或少废水生产工艺，运用系统工程方法，采用优化方案解决水污染的问题。如利用火电厂的粉煤灰净化污水是一个明显的综合利用实例。粉煤灰经过酸处理并加以活化后，和石灰及少量聚合电解质一起使用，可清除大部分工业废水和城市废水中的污染物。

3. 粉煤灰渣的处理和利用

粉煤灰既是"废弃物"也是宝贵的"资源"。在农业方面，粉煤灰含有磷、钾、镁、硼、钼、锰、钙、铁、硅等植物所需的化学元素，适量施用粉煤灰能促进植物的生长，增加产量，还能提高作物的抗病能力。在工业方面，粉煤灰和煤渣可用来制造砌筑砂浆和墙体材料等。从煤渣中还可回收能源，如利用炉渣（其中含碳）烧制黏土砖，可节省燃料。中国近年在利用火电厂的液态渣方面取得进展。采用增钙技术使煤渣成为水泥和墙体材料的优质原料；钙增加后可吸收煤中的硫，生成硫化钙，成为渣中的活性组分，并可减少排入大气中的 SO_2。增钙液态渣工艺与煤粉炉排灰工艺相比，渣的利用价值高，节约用水，减少 SO_2 排放量，有利于环境保护。但这种工艺需改用立式旋风炉，并要求使用优质煤，因而难以广泛应用。

火电厂的粉煤灰数量很大，基于技术经济条件的限制，还不能全部利用，需要堆存一部分。因此，火电厂在选择厂址时，应预先考虑设置可堆存 10～20 年的储灰场。可根据电厂所处的地理位置，选择附近的小沟、洼地、废河湾、煤矿塌陷区修建储灰场。储灰场的底部要有防水防渗设施，同时要妥善管理，在已堆满的灰场上可覆土造田，植树种草，或进行表面药物处理，防止粉煤灰飞扬。

4. 噪声防治

噪声干扰是局部性的和无后效的。当噪声源的声输出停止后，污染立即消失，不留下任何残余物质。因此，噪声的防治主要是控制声源和声的传播途径，以及对接收者进行保护。例如，对炉膛、风道共振引起的噪声，采用隔声板可取得降噪 10～20dB 的效果；对进气、排气噪声，安装微孔消声器可降低 10～30dB；对机械转动部件动态不平衡引起的噪声，进行平衡调整可降低 10～20dB；安装隔声罩可使电机噪声降低 10～20dB。

第二节 石油化学工业的环境保护

一、石油化学工业的含义

石油化学工业是指以石油和天然气为原料，生产石油产品和石油化工产品的加工工业。石油化学工业是化学工业的重要组成部分，在国民经济发展中具有重要作用，是我国的支柱产业部门之一。

石油产品又称油品，可分为石油燃料（包括汽油、喷气燃料、煤油、柴油和燃料油）、石油溶剂与化工原料、润滑剂、石油蜡、石油沥青和石油焦等 6 类，其中，石油燃料产量最大，约占总产量的 90%，润滑剂品种最多，产量约占 5%，生产这些产品的加工过程常被称为石油炼制，简称炼油。

石油化工产品以炼油过程提供的原料油进一步化学加工获得。生产石油化工产品的第一步是对原料油和气（如丙烷、汽油、柴油等）进行裂解，生成以乙烯、丙烯、丁二烯、苯、甲苯和二甲苯为代表的基本化工原料。第二步是以基本化工原料生产多种有机化工原料（约200 种）及合成材料（塑料、合成纤维和合成橡胶）。这两步产品的生产属于石油化工的范围。有机化工原料继续加工可制得更多品种的化工产品，习惯上不属于石油化工的范围。在有些资料中，以天然气、轻汽油、重油为原料合成氨、尿素，甚至制取硝酸也列入石油化工。

二、主要炼油工艺

炼油厂类型可分为燃料型炼油厂、燃料-润滑油型炼油厂、燃料-化工型炼油厂和燃料-润滑油-化工型炼油厂四种类型。

炼油厂中的主要生产装置通常有原油蒸馏（常压蒸馏、减压蒸馏）、热裂化、催化裂化、加氢裂化、石油焦化、催化重整以及炼厂气加工、石油产品精制等。

（1）常压蒸馏和减压蒸馏 常压蒸馏和减压蒸馏习惯上合称常减压蒸馏，常减压蒸馏基本属物理过程。原料油在蒸馏塔里按蒸发能力分成沸点范围不同的油品（称为馏分），这些油有的经调和、加添加剂后以产品形式出厂，相当大的部分是后续加工装置的原料，因此，常减压蒸馏又被称为原油的一次加工，包括三个工序：原油的脱盐脱水、常压蒸馏和减压蒸馏。

（2）催化裂化 催化裂化是在热裂化工艺上发展起来的，是提高原油加工深度，生产优质汽油、柴油最重要的工艺操作。原料主要是原油蒸馏或其他炼油装置的 350～540℃ 馏分的重质油。催化裂化工艺由三部分组成：原料油催化裂化、催化剂再生和产物分离。催化裂化所得的产物经分馏后可得到气体、汽油、柴油和重质馏分油。有部分油返回反应器继续加工称为回炼油。催化裂化操作条件的改变或原料波动，可使产品组成波动。

（3）加氢裂化 是在高压、氢气存在下进行，需要催化剂，把重质原料转化成汽油、煤油、柴油和润滑油。加氢裂化由于有氢存在，原料转化的焦炭少，可除去有害的含硫、氮、氧的化合物，操作灵活，可按产品需求调整。产品收率较高，而且质量好。

（4）催化重整 催化重整（简称重整）是在催化剂和氢气存在下，将常压蒸馏所得的轻汽油转化成含芳烃较高的重整汽油的过程。如果以 80～180℃ 馏分为原料，产品为高辛烷值汽油；如果以 60～165℃馏分为原料油，产品主要是苯、甲苯和二甲苯等芳烃，重整过程副产氢气，可作为炼油厂加氢操作的氢源。重整的反应条件是：反应温度为 490～525℃，反应压力为 1～2MPa。重整的工艺过程可分为原料预处理和重整两部分。

（5）炼厂气加工　原油一次加工和二次加工的各生产装置都有气体产出，总称为炼厂气。炼厂气的组成主要有氢、甲烷、由 2 个碳原子组成的乙烷和乙烯、由 3 个碳原子组成的丙烷和丙烯、由 4 个碳原子组成的丁烷和丁烯等。它们的主要用途是作为生产汽油的原料和石油化工原料以及生产氢气和氨。发展炼油厂气加工的前提是要对炼厂气先分离后利用。炼厂气经分离作化工原料的比重增加，如分出较纯的乙烯可作乙苯，分出较纯的丙烯可作聚丙烯等。

（6）延迟焦化　它是在较长反应时间下，使原料深度裂化，以生产固体石油焦炭为主要目的，同时获得气体和液体产物。延迟焦化用的原料主要是高沸点的渣油。延迟焦化的主要操作条件是：原料加热后温度约 500℃，焦炭塔在稍许正压下操作。改变原料和操作条件可以调整汽油、柴油、裂化原料油和焦炭的比例。

（7）石油产品精制　前述各装置生产的油品一般还不能直接作为商品，为满足商品要求，除需进行调和、添加添加剂外，往往还需要进一步精制，除去杂质，改善性能以满足实际要求。常见的杂质有含硫、氮、氧的化合物，以及混在油中的蜡和胶质等不理想成分。它们可使油品有臭味、色泽深、腐蚀机械设备、不易保存。除去杂质常用的方法有酸碱精制、脱臭、加氢、溶剂精制、白土精制和脱蜡等。酸精制是用硫酸处理油品，可除去某些含硫化合物、含氮化合物和胶质。碱精制是用烧碱水溶液处理油品，如汽油、柴油、润滑油，可除去含氧化合物和硫化物，并可除去酸精制时残留的硫酸。酸精制与碱精制常联合应用，故称酸碱精制。脱臭是针对含硫高的原油制成的汽油、煤油、柴油，因含硫醇而产生恶臭。硫醇含量高时会引起油品生胶质，不易保存。可采用催化剂存在下，先用碱液处理，再用空气氧化。加氢是在催化剂存在下，于 300～425℃、1.5MPa 压力下加氢，可除去含硫、氮、氧的化合物和金属杂质，改进油品的储存性能和腐蚀性、燃烧性，可用于各种油品。脱蜡主要用于精制航空煤油、柴油等。油中含蜡，在低温下形成蜡的结晶，影响流动性能，并易于堵塞管道。脱蜡可用分子筛吸附。润滑油的精制常采用溶剂精制脱除不理想成分，以改善组成和颜色。白土精制一般放在精制工序的最后，用白土（主要由 SiO_2 和 Al_2O_3 组成）吸附有害的物质。

三、石油炼制业的环境问题与防治

（一）环境污染

石油炼制业在为国民经济发展提供支撑的同时，因原油中含有的少量硫、氮和氧等元素，炼制过程中会转化为有害物质排入环境，不可避免地对大气、水体和土壤环境等造成一定程度的负面影响。

1. 废气污染

石油炼制装置的加工能力通常为百万吨级，因此废气排放量大，污染物成分复杂、毒性强、种类多、排放集中，危害性甚大。排放的污染物质在距生产装置 2km 处还可检出。例如，炼油厂催化裂化装置排出的再生烟气含粉尘、CO、NO_x 和 SO_2，由于排放高度一般在 100m 左右，污染物扩散范围较大。炼油厂添加剂生产装置间歇排放的含氯化氢气体，附近的居民可以闻到令人不愉快的气味。

2. 废水污染

石油炼制过程需要大量的水，虽然大部分水可循环使用，但是仍会产生废水，其数量约是原油加工量的 60%～70%。通常是含油废水、含硫废水、含碱废水和含盐废水。另外，石油化工设备的冷却循环水还是热污染源。

炼油厂废水的含油量约 150～1000mg/L，石油类物质在废水中通常有以下形态：油滴直径大于 100μm 浮在水面上的油，通常可以在除油池回收，回收率可以达到 60%～80%；油滴直径在 10～100μm 的分散或悬浮在水中的油，也可在除油池中回收，但回收率要低得多；油滴直径小于 10μm 的乳化油，这种油与水结合成乳化液，较难回收，只有加特殊的处理剂（破乳剂）才能使油改变乳化状态后再回收。

3. 固体废物污染

石油的炼制工艺中几乎所有的生产装置都产生固体废物。固体废物种类繁多，主要有汽柴油碱洗精制的废碱渣、生产装置使用过的各种废催化剂、废白土渣、油罐底底油污泥、污水处理厂"三泥"以及塔器中的废填料等。这些固体废物如不加以综合处理利用，既污染环境，又占用土地。

4. 噪声干扰

由于炼油厂采用的设备功率大，比较集中，可引起严重的噪声干扰。

（二）防治措施

炼油厂的环境保护首先是通过采用先进工艺（如采用加氢裂化、加氢精制）和设备（如空冷器、浮顶油罐等），尽量在生产过程中消除或减少"三废"排放。其次是通过综合利用，使排放的"三废"资源化，化害为利（如从炼厂气中回收硫黄，从污水中回收氨等）。在此基础上，对那些不易解决而又必须排放的污染物进行妥善处理，使之符合规定的排放标准。

1. 废水治理

炼油厂废水中含有有害物质，必须经过处理后才能排放。炼油厂的废水至少需经过以下处理环节才能排放。

① 隔油 炼油厂的废水里都混有一些污油，由于油轻于水，会不断浮升到水面而形成油膜，可通过隔油池被刮去。

② 气浮 经过隔油池后，废水里所含油明显减少，但是还存在一些很细的、悬浮在水里不会自动浮到水面的小油珠。炼油厂废水处理的第二个环节就是要用凝聚和气浮的方法除掉这些小油珠。凝聚使用的是高效率的凝聚药剂，气浮法就是使凝聚的油珠等杂质黏附在不断上浮的小空气泡的周围，并升到水面形成浮渣，这样便可很容易地被刮掉。

③ 生化处理 对废水中还有的被溶解的杂质，用生物化学方法，即利用自然界存在的各种微生物（如细菌）来分解废水中可溶性的杂质。细菌可以把溶于水的杂质转化为不溶于水的、可以分离的物质。

炼油厂废水通过上述三个环节，一般就可以达到排放标准了。但为了万无一失，有时最后还增加一个环节，即通过活性炭吸附，这样处理的废水就更加纯净了。

当处理含有硫化物和氨类很多的废水时，通常在进入隔油池之前，再增加一个预处理环节：先用水蒸气驱排大部分硫化氢和氨类，然后再对废水进行处理。

2. 废气治理

① 在有条件的情况下，实现集中供气，减少烟气排放口，提高热效率。

② 回收可燃气体。建设炼厂气脱硫回收和气柜缓冲设施，取消火炬。可燃气体回收率达到 95％以上。

③ 采用加氢工艺脱除油品中的硫、氮、氧，提高产品质量，减少燃料燃烧过程中硫排放，并回收其中的硫黄。

④ 控制无组织废气排放，具体措施如：采用浮顶罐储存蒸汽压大于 10.3kPa 的油品如原油、汽油、石脑油，减少油气无组织排放；在油品装车栈台安装油气回收设施；对污水处理厂构筑物进行封闭，收集散发的气体，采用吸收、生化或燃烧技术进行处理，以减轻恶臭排放。

3. 废渣治理

碱渣处理可采用缓和湿式氧化工艺，将碱渣脱臭后再回收粗酚，基本不会再出现臭气散发的情况。含油贵金属的废催化剂一般都送催化剂厂回收，或用来做生产絮凝剂的原料，脱水后的油泥可送入焦化处理，回收其中的石油类物质。

第三节　工业企业环境保护实地考察

路线 6. 胜利发电厂

教学目标：（1）了解火力发电的主要环境问题、治理措施及环境管理内容；（2）掌握 AWA6218B 型噪声统计分析仪的使用和噪声监测方法；（3）训练学生独立完成一项模拟或实际监测任务的能力、处理监测数据的能力以及综合分析和评价能力。

教学内容：（1）由专业技术人员（外聘指导教师）集中介绍电厂概况及电厂环保概况；（2）实地考察电厂烟气、粉尘、废水等处理设备设施、处理工艺和处理效果，及电厂粉煤灰的综合利用、噪声防护措施等；（3）企业噪声监测，主要进行电厂噪声源监测。

教学认识：（1）电厂环境保护概况；（2）电厂"三废"排放情况及主要的污染物；（3）电厂烟气、粉尘、废水的处理工艺、流程和效果；（4）分析噪声监测结果。

教学要求：（1）预习本章第一节火力发电企业的环境保护及本节的胜利发电厂企业概况、企业环境保护概况及"三废"治理与再利用的相关内容；（2）认真记录实地考察内容；（3）噪声监测工作分 4 个小组进行，要求监测结果准确、可靠；（4）接受安全教育，严格遵守现场安全管理规定，佩戴安全帽。

（一）电厂概况

胜利发电厂是中国石化集团胜利石油管理局所属二级单位，是胜利油田的自备电厂，担负着胜利油田生产生活的发电和集中供热任务。电厂厂址位于油田基地东南，东营区辛店镇万泉村东南侧，东辛公路东 3.3～5.4km 处。

电厂成立于 1989 年，至 2004 年，电厂装机总容量达 104 万千瓦，工程分两期建成。一期工程装机容量 2×20 万千瓦，1988 年 11 月开工建设，1 号、2 号机组分别于 1992、1993

年投产，1999、2000 年分别技改扩容至 22 万千瓦（图 4-2）。二期工程装机容量 2×30 万千瓦，2001 年开工建设，3 号、4 号机组分别于 2003、2004 年投产（图 4-3）。到 2004 年底，电厂拥有固定资产原值 31.16 亿元、净值 25.46 亿元，职工 2294 人，机关设有 13 个职能科室，6 个直属科级单位，辖 14 个三级单位，4 个厂属经济实体。

截至 2004 年底，胜利发电厂已累计发电 325.44 亿千瓦时，为胜利油田开发建设和繁荣黄河三角洲区域经济做出了重要贡献。

（二）电厂环境保护概况

1. 环保机构

电厂成立初期，在技术监督科设一名环保管理员，负责环保工作。1991 年 5 月，电厂成立环境保护管理委员会，下设办公室。1991 年 7 月，节能环保科成立，设环保管理员和环境监测员各一名，逐步开展了以污染治理、环境统计、环保宣传和水质、噪声监测为主的环保管理工作。1993 年 8 月，电厂生产运行系统划归胜泰发电有限公司（以下简称胜泰），节能环保科撤销，环境监测与环保管理分离，环境监测工作归属胜泰环境监测站，环保管理归入电厂生产技术科。1995 年 11 月，环保管理和环境监测职能合并，划归技术监督站，环保室定员 4 人。1999 年 4 月，技术监督站改称技术监测中心，机构扩大，环保室定员 6 人。同年 10 月，技术监测中心机构缩编，环保室定员减为 4 人。2001 年 4 月，环境保护委员会重新调整，电厂环保监督管理网络也相应进行了调整。

2. 环保工作及取得的成果

（1）"三废"治理与再利用［重点考察内容，详见本节（三）］　电厂对烟气、废水、粉尘、噪声和粉煤灰等均采取了治理措施。烟气主要采取的是电除尘技术；脱硫采用的是石灰石-石膏湿法脱硫工艺；对粉尘的控制主要是在排放源处安装喷洒水装置和脉冲袋式除尘装置；工业废水和生活污水采用地埋式处理设备设施进行处理，处理后的水用作冲灰水的循环利用和送至冷却塔水池作为循环水补充水；噪声的控制主要是通过在噪声源安装消声器、隔音罩，在传声途径方面，安装双层玻璃窗及用吸声隔音材料加装双层墙等措施而实现；粉煤灰的综合利用主要是作为生产水泥和建材的原料等。

（2）企业环境管理

① 环保制度建设　电厂在环保工作实践中，逐步健全完善了环保岗位责任制和各项环保管理制度。1995 年 11 月，制定了《技术监测站环保岗位职责》、《环境监测站管理制度》和《安全生产管理制度》，并增加了对大气和锅炉烟气黑度的监测。1998 年对环保岗位责任制进行修订补充。2001 年 4 月修订了《环境保护管理制度》，制定了《环保目标责任制》、《环境统计管理办法》、《环保监督管理职责》及考核办法，规范环保工作和行为，最大限度减少污染物的产生。

② 环境监测工作　根据中石化集团公司《环境监测工作条例》、《环境监测站仪器配置规定》的要求，电厂建有完善的环境监测制度，配备了各类监测仪器，对环境空气、噪声、锅炉烟气、除尘效率进行监测工作。2002 年 9 月，电厂环保室通过了管理局实验室计量认可审核，具备了对外出具数据的资质。

③ 严格执行"三同时"制度　电厂建设项目的"三同时"执行率和执行合格率均达到 100%。

④ 在职人员培训　电厂每年都派出环保管理和环境监测专业技术人员参加由各级环保

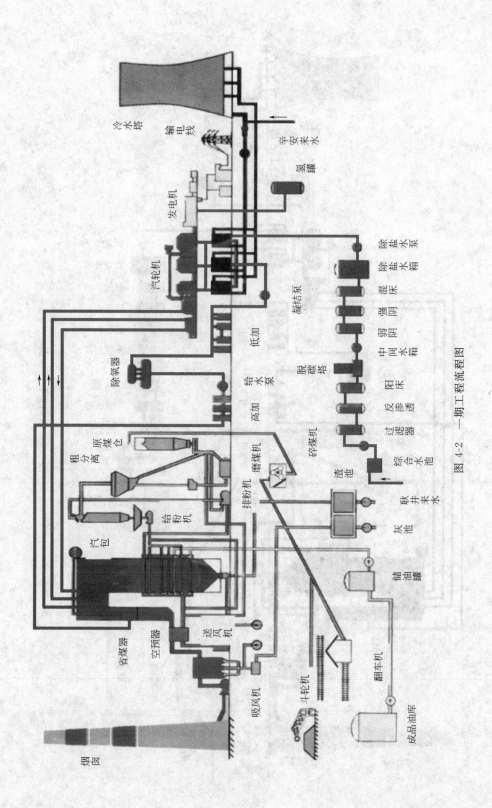

图 4-2 一期工程流程图

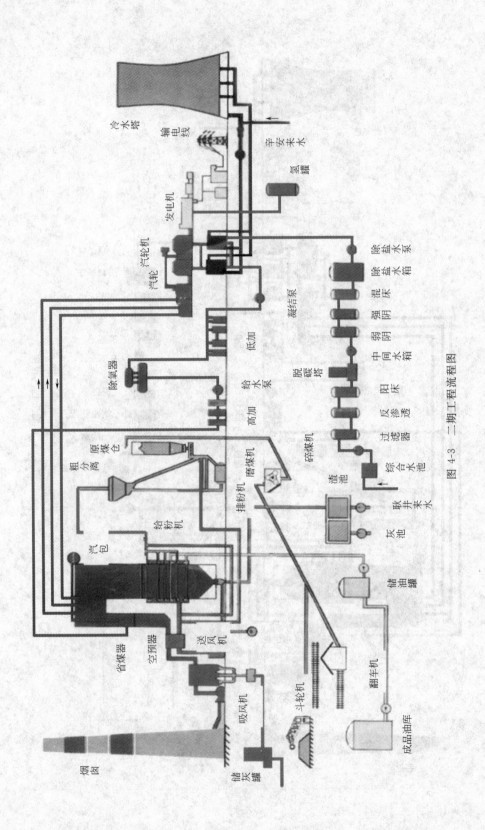

图 4-3 二期工程流程图

部门组织的污染治理、环境统计、环境监测、环保设施运行管理、环保法规、清洁生产等各种培训班。对内与培训中心联合，多次举办全厂性的环保意识、知识和环保工作技能培训。

（3）取得的成果　2000年9月，电厂通过了山东省、东营市及胜利石油管理局等环保部门的"一控双达标"检查验收，获得了山东省首批颁发的"工业污染源达标排放单位"标志牌和验收合格证书。2003年通过了 ISO 9000、ISO 14000、OHSMS 18000 环境管理体系的认证，环保工作走上了制度化、规范化和标准化轨道。1996～2004年，电厂连续被评为管理局环境保护先进单位。

（三）电厂"三废"治理与再利用

本部分是实地考察的重要内容。要求学生们重点了解废气和废水的排放情况、主要的污染物、处理设备设施、处理工艺和处理效果。此外，学习和掌握 AWA6218B 型噪声统计分析仪的使用和噪声监测方法。

1. 烟气治理

① 烟尘治理　电厂一、二期工程年总排放烟气约 $156 \times 10^8 \, m^3$。按照"三同时"管理制度，电厂一、二期分别建设了 210m 和 240m 高的烟囱，4 台机组都安装了电除尘设备。1998、1999 年分别对 1、2 号机组电除尘设备的高压控制系统进行技术改造，提高了除尘效率，除尘效率达 99% 以上。

② 脱硫　针对新修订的国家污染物排放标准《火电厂大气污染物排放标准》（GB 13223—2003，2004 年 1 月 1 日正式实施）和《排污费征收标准管理办法》（2003 年 7 月 1 日起施行），2003 年 8 月，电厂制定了《二氧化硫排放治理"十一五"规划及 2020 年远景目标》。2008 年 4 月，一、二期脱硫工程正式投入建设，总投资 2.45 亿元；2008 年 10 月和 2009 年 3 月，两期工程分别投入试生产，SO_2 外排浓度小于 400mg（标准状态）/m^3，达到了山东省地方标准（DB 37/664—2007，火电厂大气污染物排放第三时段）。2009 年 5 月 20 日，两期工程顺利通过山东省环保厅建设项目环境保护设施竣工验收，脱硫工程运行后，减排 SO_2 $6.3 \times 10^4 t/a$，占总排放量的 90%。

胜利发电厂脱硫工程采用石灰石-石膏湿法脱硫工艺（图 4-4）。石灰石破碎磨细成粉状制成吸收浆液，在吸收塔内，吸收浆液与烟气接触，烟气中的 SO_2 被吸收浆液洗涤吸收，经除雾器除去细小液滴最终排出。副产品石膏浆液经真空脱水处理制成石膏，作为建材和水泥添加剂综合利用。

③ NO_x 的去除　电厂对 NO_x 的控制，目前主要是通过改进燃烧技术来实现的。如 2000 年，对煤粉炉二次风的配风方式进行技术攻关，实现了分级配风，降低了过剩空气系数和 NO_x 的排放浓度。尾部加装烟气脱硝装置工艺的工程计划正在规划中。

④ CO_2 的脱除和回收利用　燃煤排放的 CO_2 是大气 CO_2 的主要来源之一，胜利发电厂年耗煤 $268.12 \times 10^4 t$，年产生干烟气 $156 \times 10^8 \, m^3$，全年 CO_2 排放量 $415 \times 10^4 t$，平均每天可达 $1.38 \times 10^4 t$。因此，CO_2 的脱除和回收利用是火力发电厂的环保工作的重要任务。

随着当前 CO_2 驱油技术的发展和应用，CO_2 驱油成为 CO_2 最具开发价值的应用领域。

目前，国外采用 CO_2 驱油技术的国家主要有美国、加拿大、法国、匈牙利和德国等。美国是 CO_2 驱油技术发展最快的国家，1996 年美国的 CO_2 混相驱油项目有 60 多个，一般提

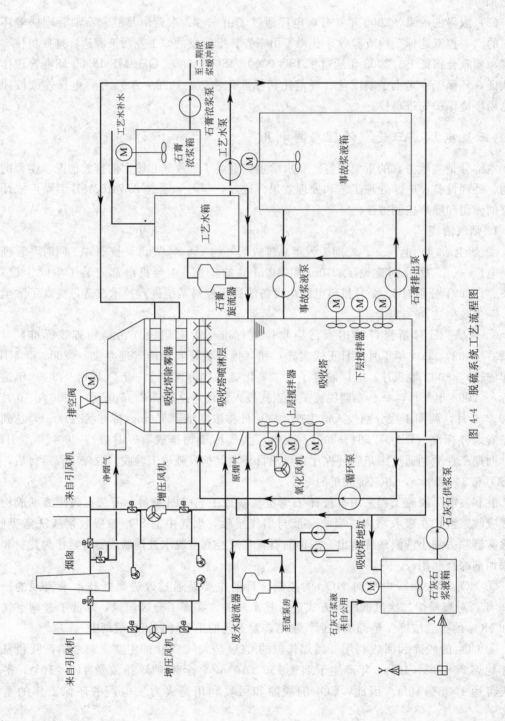

图 4-4 脱硫系统工艺流程图

高采收率10％～30％，产量达到855×10^4t/a，占该国三次采油（EOR）产量的23.6％。由于CO_2驱油技术经济有效，能大幅度提高采收率，正成为世界各大石油公司最重要的且已成熟的提高采收率技术之一。

胜利油区低渗透油藏资源丰富，其储量在新增探明储量中所占的比例逐渐增大，同时常规开发难度也越来越大，注水开发受到较大程度的制约。因此，为了提高低渗油藏的采收率，中国石化股份有限公司胜利油田分公司于2007年开设了"低渗透油藏CO_2驱油提高采收率先导试验"的课题研究。

为满足中国石化股份有限公司胜利油田分公司"低渗透油藏CO_2驱油提高采收率先导试验"课题研究对液态CO_2的需求，向先导试验区提供稳定廉价的CO_2气源，2009年开始建设"胜利发电厂烟气CO_2捕集纯化工程"，并于2010年投入运行。该工程建设用地$2268m^2$，采用塔式捕集纯化CO_2工艺，回收液态CO_2 100t/d，CO_2纯度为99.5％。生产的CO_2销售给采油厂，用于低渗透油藏CO_2驱油先导试验。该工程的实施将为燃煤烟气CO_2的捕集纯化技术的进一步推广应用积累宝贵经验，为今后胜利油田低渗透油藏大规模开展CO_2驱油提供稳定气源和技术保证，具有极大的经济效益。

胜利发电厂烟气CO_2的捕集纯化采用的就是化学吸收法，吸收剂主要是以一乙醇胺（MEA）为代表的烷醇胺。其工艺流程包括：待处理的烟气经冷却、除水后进入胺吸收塔，塔内装有填料MEA溶液和烟气逆流通过吸收塔，在此过程中MEA溶液吸收烟气中的CO_2，除去CO_2后的烟气经水洗后排入大气。吸收了CO_2的富液进入热交换器预热后进入再生塔，再生塔操作温度为100～120℃，在再生塔中解吸出CO_2的贫液经过过滤、冷却后再回到吸收塔循环利用。塔顶出口CO_2经压缩、干燥后通过管道输送处理。

2. 粉尘治理

建厂初期，输煤系统安装的是高压静电除尘器，故障率高，维护量大，正常运行时间较短，除尘效果不理想，于1993年报废。同年，开始对煤场实施人工洒水降尘措施。1994年，在皮带系统安装了自动式皮带轮水喷雾系统，降低了粉尘的污染。1996年，在0、1、4、6号皮带等处相继安装了皮带喷洒水装置。1998年，在1号斗轮机上安装自动喷洒水装置，对翻车机系统改造安装了喷洒水系统。1999年，共安装5台低压脉冲布袋式除尘器，大大降低了皮带系统粉尘的浓度。2003年，在二期煤场安装了12个喷洒水枪。7号皮带增加CNMC-10-100-125型脉冲袋式除尘器4台，8号皮带增加THMC-65型环隙脉冲袋式除尘器10台。投资65万元在储煤场周围敷设洒水管道600余米，安装洒水喷头19组，在煤场西侧增设挡煤墙200余米，减少了刮风季节煤场的扬尘现象。

3. 废水治理

电厂一期工程日均废水产生量约为1.56×10^4t，排放掉0.67×10^4t，其余的回收利用。二期机组投产后，日均废水产生量增至3×10^4t。电厂废水基本达标排放。

一期工程工业废水、生活污水由厂区工业废水、生活污水下水道汇集至污水泵房，经提升泵提升后送至灰场，在灰场沉淀后，再通过灰场的提升泵将清水打至回收水池，再经回收水泵提升打至一期电除尘作冲灰水用。1996年9月，实施灰水处理后废水处理工程，减少了废水排放量。1998年4月，投资55万元安装了冲灰水回收系统，实现了冲灰水的循环利用。电厂废水外排量减少了50％。

二期工程两台机组配套安装了工业废水处理装置和生活污水处理装置，二期废水全部回收利用。

4. 粉煤灰的综合利用

粉煤灰是燃煤电厂排出的主要固体废物，是从煤燃烧后的烟气中收捕下来的粉末。电厂采用水力除灰、除渣系统，将锅炉煤燃烧后产生的煤灰、渣送入灰场储存。

电厂自 1995 年以来开展了对粉煤灰的综合利用，主要是生产水泥和建材等。在生产水泥方面，1995 年 2 月，管理局投资兴建了 $30×10^4$ t 粉煤灰水泥厂，2000 年增量至 $40×10^4$ t，年利用粉煤灰 $7×10^4$ 多吨；2000 年 9 月，电厂投资 100 多万元安装了粉煤灰分选装置，实现了粉煤灰的分级利用，年利用量增至 $12×10^4$ t。在建材利用方面，2002 年，东营市筑金新型建材有限责任公司的年产 $50×10^4$ m^3 粉煤灰加气砖厂建成投产，年利用粉煤灰 $18×10^4$ 多吨。2003 年，与胜利工程建设三公司、管理局勘察设计研究院等单位以股份合作形式投资建设的年产 $20×10^4$ m^3 加气混凝土砌块砖和板材项目开始兴建，年消耗量可达 $30×10^4$ t。另外粉煤灰在东营地区公路建设、油田固井方面每年也有一定使用数量。

粉煤灰具有吸附和沉降的功能，灰场是天然曝气池，可除去采油废水中石油类和 COD 总量的 50% 以上，实现采油废水的达标排放。2001 年 12 月，由管理局投资的利用电厂灰场及粉煤灰处理的现河首站采油废水工程建成使用，电厂协助油田完成了管理局的这项重要污染治理项目，粉煤灰作为固体废物也得到了再利用。

5. 噪声防护

在噪声源和传声途径两个环节采取控制措施。

（1）噪声源的控制　一期工程 1、2 号机组在锅炉排气口安装了高效排气消声器，在送风机吸风口安装了消声器。2000 年 6 月，投资 116 万元为 1、2 号机的 2 台汽轮机、4 台磨煤机加装了隔音罩，改造后汽轮机区域噪声由改造前的平均 105dB（A）降为 92dB（A），磨煤机区域噪声由改造前的平均 102.4dB（A）降为 94.6dB（A）。二期工程 3、4 号机组安装时配套设置了隔音设施。

（2）传声途径的控制　1994 年后，生产场所的值班室逐步改成了双层玻璃窗。锅炉 0 米值班室、汽机循环水泵房值班室、汽机 0 米值班室等有噪声场所的值班室用吸声隔音材料加装了双层墙。

（四）噪声监测

使用 AWA6218B 型噪声统计分析仪进行噪声监测。监测方法见附录Ⅲ。

1. 监测类型

噪声源噪声监测。

2. 监测点（噪声源）确定

选择锅炉送风机进风口、汽轮机和值班室或总控制室为被测声源，设 4 个监测点，具体如下。

监测点 1：一期工程（或二期工程）锅炉送风机进风口；

监测点 2：一期工程磨煤机；

监测点 3：一期工程（或二期工程）汽轮机；

监测点 4：二期工程主控室（集中控制室）。

3. 监测记录

每一测点的监测结束后，按表 4-2 填写记录内容。

表 4-2 胜利发电厂噪声源噪声测量记录表

监测点号	主要声源	测点位置	测量时间	测量结果/dB(A)	日接触噪声时间/h	卫生限值/dB(A)
监测点 1						
监测点 2						
监测点 3						
监测点 4						

注：日接触噪声时间（h）为工作场所操作人员每天连续接触噪声的时间，需在考察中调查确定。

4. 监测分析

对照附录Ⅲ中的"表Ⅲ-2 工作地点噪声声级的卫生限值"，将实测值与卫生限值进行比较，并对测量结果进行分析。

路线 7. 胜利油田石化总厂

教学目标：(1) 了解石油炼制过程中产生的环境问题及石化企业的环境管理内容；(2) 掌握 PHBJ-260 型便携式 pH 计使用和水的 pH 值测定方法；(3) 训练学生的动手实践能力。

教学内容：(1) 由专业技术人员（外聘指导教师）集中介绍石化总厂概况及企业环境保护概况；(2) 实地考察石化总厂"三废"（主要是废气和废水）的排放源、主要的污染物、处理设备设施、处理工艺和处理效果；(3) 石化总厂污水处理厂进水、出水水质指标 pH 的监测。

教学认识：(1) 石化总厂环境保护概况；(2) 石化总厂"三废"排放情况及主要的污染物；(3) 石化总厂含油废水的处理（包括深度处理及回用）工艺、流程和效果。

教学要求：(1) 预习本章第二节内容，了解胜利油田石化总厂企业概况、企业环境保护概况及"三废"治理与再利用现状；(2) 认真记录实地考察内容；(3) pH 的监测工作分成 4 个小组进行，要求监测结果准确、可靠；(4) 接受安全教育，严格遵守现场安全管理规定，佩戴安全帽。

（一）石化总厂概况

中国石化胜利油田分公司石油化工总厂（以下简称石化总厂），其前身为稠油处理厂，成立于 1987 年 5 月，2006 年 5 月更为此名。石油化工总厂业务上直接受中国石化股份公司炼油事业部管理，行政上隶属于胜利油田分公司，是胜利油田分公司下属的二级单位。

石化总厂位于东营市东营区史口镇、龙居乡和垦利县郝家镇两县区、三乡镇交界处，全厂占地面积约 2970 亩。

目前，石化总厂拥有 $200 \times 10^4 \text{t/a}$ 常减压、$80 \times 10^4 \text{t/a}$ 重油催化、$30 \times 10^4 \text{t/a}$ 汽油选择性加氢、$40 \times 10^4 \text{t/a}$ 延迟焦化、$50 \times 10^4 \text{t/a}$ 汽柴油加氢、$9200 \text{m}^3/\text{h}$ 制氢、$0.5 \times 10^4 \text{t/a}$ 硫黄回收、$15 \times 10^4 \text{t/a}$ 催化重整、$8 \times 10^4 \text{t/a}$ 气体分馏，以及供排水、动力、电气、污水处理、油品储运、轻烃储运、铁路外运等生产、辅助装置，固定资产净值 4.83 亿元。主要产品有汽油、柴油、液化气、石脑油、硫黄、石油焦、丙烯等十大类二十多种石化产品。

（二）石化总厂环境保护概况

1. 机构设置

石化总厂设有安全环保科。安全环保科前身是环保科，定员 6 人，1998 年机构改革将环保科与安全科合并为安全环保科，定员 5 人，其中 1 人负责全厂的环境管理工作。安全环保科下设环境监测站（定员 7 人）和安全环保监督站（定员 5 人）。

（1）安全环保科的职责　负责全厂的环境保护规划、计划、环境管理及污染防治、环境监测、统计、考核等相关的环保业务。具体职责如下。

① 组织贯彻实施国家、省、市政府颁发的环保法律法规，结合企业实际，制定完善环境管理制度，并组织落实；

② 按照上级环保部门的要求，结合实际具体情况，组织制定环保规划和年度计划，并监督实施；

③ 按建设项目环境管理的要求，对技改项目进行协调管理，确保工程"三同时"的落实；

④ 监督检查废气、废水、噪声等污染源排放达标情况和环保设施的运行情况，实施污染源及环保设施规范化管理，组织排污申报登记工作；

⑤ 负责推行清洁生产的协调与管理，积极组织清洁生产工作；

⑥ 对易发生污染事故岗位进行监督检查，杜绝污染事故发生；

⑦ 环保新工艺、新技术、新材料的信息收集和创新，组织推广应用；

⑧ 环境统计、信息处理工作；

⑨ 项目有关污染源的监督、数据汇总、分析和上报工作；

⑩ 组织开展环境保护的宣传、教育和培训，提高广大职工的环保意识。

（2）环境监测站的职责　主要负责全厂的水质、大气、噪声等日常监测分析工作，包括各生产装置的外排含油污水、含硫污水、废气、厂区环境空气、车间固定源噪声、工作环境噪声、厂界噪声和全厂锅炉加热炉烟气黑度。同时，承担职业卫生监测和设备防腐等水质监测任务，还承担环境科研等相关工作。

（3）安全环保监督站的职责　负责全厂安全、环保和健康现场的监督管理各项工作，为安全环保管理提供监督服务。

2. 环保工作

石化企业存在工艺技术复杂、污染物量大、面广和污染治理难度大等特点，环保工作有一定难度。石化总厂在抓生产的同时，注重环境保护，在污染治理、企业环境管理等方面采取了有效措施，取得了较好成绩。

（1）"三废"治理与再利用［重点考察内容，详见本节（三）］　石化总厂"三废"处理处置设施齐全，并尽量做到废弃物的回收利用。污水处理率达 100%，达标率始终保持在 96% 以上；废气全部得到有效控制，轻烃气年回收 5×10^4 t 左右，回收率 96% 以上；废渣综合利用率 100%，噪声全部得到有效控制，从未发生过污染事故和污染纠纷。污染物排放总量等各项环保指标均有效地控制在上级部门下达的指标范围内，环保工作步入良性发展轨道。

（2）企业环境管理　石化总厂在环境管理方面主要采取了以下措施。

① 对污染治理等环保项目实行"四优"，即优先立项、优先更新建设、优先实施、优先

落实资金；加强 21 个排污点源的例行监测，建立健全污染源监测档案资料 36 类，对总排口实施 COD、氨氮在线监测控制。

② 建立和完善环境管理规章制度。将环境管理纳入生产管理之中，制定了较为完善的环境管理规章制度，如污染治理设施运行管理制度、环境保护岗位责任制度、检修期间环保管理制度、环保考核细则等，细化各单位环保内容，规范环保行为。每月利用总厂生产经营分析会、奖金考核会和每周生产调度会等对全厂各装置、各单位进行讲评、分析考核，严格兑现，做到以管理促治理，以考核促管理，形成良性循环。

③ 加强监督管理。坚持日常监测工作，每天按计划对各装置排污进行采样、监测分析，对监测分析过程中出现的异常情况随时将信息反馈到安全环保科、生产部门、相关单位及主管领导，以便及时采取应对措施，调整改进。每周将监测周报内容报送到相关部门及车间，有针对性地开展环保工作。

④ 抓好建设项目环境管理工作。严格执行建设项目的环境影响评价和"三同时"管理制度，"三同时"执行合格率达 100%。

⑤ 推行清洁生产。企业从可持续发展角度出发，按照"节能、降耗、减污、增效"的清洁生产目标，努力探索、推行清洁生产。为了最大限度地利用资源，减少污染物的产生，实施了加氢代替碱洗精制产品、空冷代替水冷、有毒气体引入焚烧炉焚烧取热、瓦斯气变放空为用作燃料、酸水处理后由排放变为回注、冷凝水排放改为集中回收再利用、轻烃气及火炬气变放空处理为回收再利用、油品储运采用内浮顶、浸没式密闭装车等清洁生产技术措施，减污、降本增效效果显著。

⑥ 开展环境宣传教育。及时将有关环保文件等进行转发、传达，利用厂内报纸、电台、板报展评、演讲、摄影展、发放传单和张贴宣传画等形式进行环保宣传，利用每年的"6.5"世界环境日开展环保宣传活动，以提高职工的环境意识，积极参与企业环保工作。

（三）石化总厂"三废"治理与再利用

本部分是实地考察内容。要求学生重点了解废气和废水的排放情况、主要污染物及其处理设备设施、处理工艺和处理效果。此外，学习水质指标 pH 的测定。

1. 废气治理与再利用

（1）排放情况　石化总厂排放的废气主要是燃料燃烧排放的废气和工艺过程排放的石油化工尾气，主要污染物为 SO_2、NO_2、烟尘和氢气、甲烷、乙烷、硫化氢等，共有 15 个排气筒，高度 26～100m。

无组织排放气体来自装置加工设备泄漏和油品输送的挥发损失，主要发生在阀门、法兰、泵、压缩机等处，其主要污染物为烃类。

（2）治理与再利用

① 采用火炬-气柜回收系统对"废气"进行焚烧处理和有机废气回收利用。全厂原设有一高 80m 的公用火炬，对有机废气进行焚烧处理，最大处理能力约为 150t/h。火炬烧掉的废气有各塔顶冷凝器、缓冲罐等排出的含烃废气；脱硫工艺产生的含硫废气；事故、非正常状况下排出的可燃废气。但该种处理方式，不但严重污染了周围大气环境，同时也造成可燃性有机气体资源的浪费。

为充分利用资源，推行清洁生产，石化总厂于 2002 年建成了较为完善合理的 $1×10^4 m^3$ 气柜，年回收有机废气 $5×10^4 t$，被用来代替燃料油供生产装置各加热炉燃烧使用，既节约了等热值的燃料油，也减少了污染物的排放。

气柜回收系统工艺流程见图 4-5。生产中产生的石油化工尾气（低压瓦斯气），由低压瓦斯管网进入低压瓦斯分液罐，除掉杂质、凝析油后，经气柜入口自保系统进入 $1 \times 10^4 \, m^3$ 垂直升降橡胶膜密封干式气柜，缓冲及沉淀后，经出口自保系统进入压缩机，经压缩机增压后，进入聚结器分出凝结液，高压瓦斯气进入脱硫塔与脱硫脱臭装置的 MDEA（N-甲基二乙醇胺）贫液逆向接触，脱除其中的 H_2S 及其他恶臭，处理后的瓦斯气进入高压瓦斯分液罐，分出凝液后，并入高压瓦斯管网，再送各生产装置供加热炉使用，从而实现火炬气的回收净化和利用。

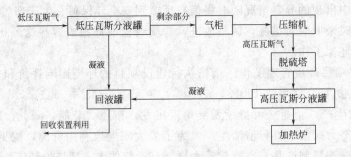

图 4-5　气柜回收系统工艺流程图

② 各加热炉及催化裂化再生器等产生的燃烧废气，首先经旋风分离器、除尘器等除尘后，经烟囱排放。

③ 全厂含硫污水经过汽提处理后产生的 H_2S 气体，采用克劳斯法生产固体硫黄，回收硫黄为 $0.5 \times 10^4 \, t/a$，硫黄尾气采用加氢催化法进行净化处理，使硫黄尾气实现达标排放。

④ 对污水处理厂、焦化冷焦水处理过程造成的恶臭污染问题，2009 年 7 月投资 1615 万元对污水处理厂的主要恶臭污染源（浮选池、生化曝气池等）和冷焦水处理流程进行了密闭改造，以消除恶臭，改善工作环境。

2. 废水治理与再利用

（1）废水排放　废水主要分为工业含油废水、含硫污水、软化水系统产生的酸、碱洗中和后排放的废水及生活设施排放的生活污水。

含油污水主要产自油品罐区原油及部分成品油的切水，各生产装置塔顶冷凝水、油水分离器排水、电脱盐排水、机泵冷却水等混合而成。该部分废水全部通过地下管网输送到污水处理厂进行集中处理。

含硫污水主要是原油在加工过程中产生的，主要产生于常减压装置、重油催化装置、延迟焦化装置、加氢精制装置、催化重整装置等。该部分废水全部通过密闭管网输送到硫黄回收车间的酸水汽提装置进行汽提处理。

污水经过处理后，通过总排口排入五干沟。在总排口处安装 COD 在线监控设施，对外排污水中 COD、氨氮等污染源进行在线监控。

（2）废水治理　废水处理系统分为含硫废水处理系统和含油污水处理系统。

① 含硫废水处理系统　含硫废水处理系统采用单塔汽提流程，处理能力为 65m³/h。含硫污水经过除油后进入汽提塔进行汽提处理，分离出硫化氢和净化水，硫化氢送硫黄回收系统生产硫黄，净化水部分代替软化水回注于常减压、重油催化等生产装置。

② 含油污水处理系统　含油污水处理经第一污水处理厂和第二污水处理厂处理后沿排

污渠先排至五干沟，然后进入广蒲河；生活废水经化粪池处理后，也排入污水处理厂。

第一污水处理厂设计处理能力 150m³/h，接纳常减压、柴油加氢精制、硫黄回收、油品罐区等生产装置及辅助设施排放的含油污水，主要采用隔油、气浮等简单的处理后，送第二污水处理厂进行生化治理。

第二污水处理厂一级处理设施（主要是隔油、气浮）的处理设计能力为 350m³/h，生化处理设计能力为 500m³/h，接纳重油催化、焦化及第一污水处理厂处理后的生产废水，充足的设计余量为总厂的后续发展奠定了坚实的基础。

目前，石化总厂污水处理厂同时还接纳周边炼油、化工等废水，如宝莫化工企业。外来化工废水的介入，增加了废水治理和管理的难度。含油污水主要处理单元的处理效果情况见表 4-3。

表 4-3 污水处理厂各处理单元处理效率表

生产单元	项目	进水/(mg/L)	出水/(mg/L)	去除率/%
隔油池	石油类	<1000	<100	>90.0
	悬浮物	480	<250	约50
	COD	<1050	<900	约15
	硫化物	33.0	18.5	44
浮选池	石油类	<100	<10.0	约90
	悬浮物	243	180	约30
	COD	<900	<650	约30
	硫化物	18.5	7.2	61
生化池	石油类	<10	<2	约80
	悬浮物	180	101	45
	COD	<650	<100	约85
	硫化物	7.2	0.022	99.7
后浮选生物炭	悬浮物	101	<50	>50
	石油类	<2	<1.8	20.0
	COD	<100	约80	约20

（3）废水再利用 石化总厂为节约水资源，减少废水排放及其对环境的危害，提高企业的经济效益，2008 年 11 月，投资 1300 多万元，对达标排放污水进行了深度处理并回收利用，污水回用规模确定为 80t/h。处理后产纯水 52t/h，用于锅炉补充用水。可减少排放污水 $43.6 \times 10^4 t/a$，提供软化水 $40 \times 10^4 t/a$，减少 COD 排放总量 43.6t/a（按 100mg/L 测算），其他污染物排放量都有相应的减少。

根据石化总厂的具体情况，深度处理及回用装置采取了预处理＋多介质过滤＋超滤（UF）＋反渗透（RO）的处理工艺，工艺流程见图 4-6。

① 预处理阶段工艺 选择"三法净水"专利技术，进行除硬、除浊、降重金属离子、降 COD、除油等处理，但不能去除水中的可溶性盐。

② 深度脱盐阶段工艺 为降低出水的含盐量，除硬处理后的水经过"双膜"脱盐处理，主要工艺为超滤＋反渗透工艺。

超滤膜系统（UF）可将污水中的胶体、微粒、细菌等非溶解性杂质除去，保证净化污水的污染密度指数（Silting Density Index，SDI）值小于 3，以满足反渗透（RO）系统的进水要求。

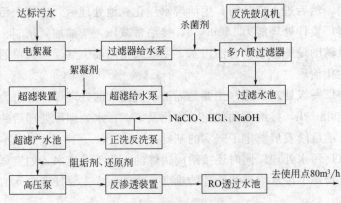

图 4-6　石化总厂达标污水深度处理及回用装置流程图

反渗透系统（RO）可以除去水中的金属离子，脱除 95％以上的盐分，使水质达到除盐水水站的进水指标。最后利用离子交换床，完全脱盐，制备除盐水，用作锅炉补水。

3. 固体废物治理与再利用

固体废物主要来源于生产过程产生的废催化剂、废脱硫剂、废干燥剂、废瓷球、废吸附剂、废碱水、油罐底泥和污水处理过程产生的"三泥"等。

（1）废催化剂的治理　一是含有稀有金属的废催化剂，由原供应商回收再利用；二是不可再利用的废催化剂，被固化处理后送废渣厂集中处理。

（2）废碱水的治理　为克服上游装置来水含碱量大对污水处理厂的冲击，2009 年 7 月投资 950 万元建设了碱渣治理项目。该项目由酸化预处理、生化处理和废气处理三部分组成，通过物化法去除碱渣中的油，回收环烷酸、油、粗酚等有价值的物质；通过生化法去除水中的 COD、酚、NH_3-N 等有机污染物质及硫化物，同时对生化过程产生的污泥直接排入污水处理厂污泥处理系统。该项目已完成竣工验收，目前处于试生产阶段。投用后，每年可接收处理各种碱渣等高浓度有机废水 6000t，年回收粗酚 200t，环烷酸 200t。

（3）"三泥"目前主要是送往有资质的单位进行焚烧处理。

固废排放及处理状况见表 4-4。

表 4-4　固废排放及处理状况表

单元名称	污染源名称	排放量	处理方法
催化重整	废催化剂	31.46t/2a	回收利用
	废脱硫剂	9.23t/2a	无害化填埋
	废干燥剂	17.51t/2a	无害化填埋
	废瓷球	24t/2a	无害化填埋
	废吸附剂	70t/2a	回收利用
加氢精制	废催化剂	35t/2a	回收利用
	废瓷球	12t/2a	无害化填埋
硫黄回收	二级转化器废催化剂	4.0t/3a	回收利用
	尾气加氢废催化剂	1.35t/3a	回收利用
重油催化	废催化剂	450t/a	无害化处理
生产装置	废碱水	6000t/a	综合利用
酸水汽提	废氨水	2000t/a	综合利用
罐区、污水厂	废油泥	8000t/a	综合利用

4. 噪声治理

噪声源主要是大功率机泵、压缩机、加热炉和空冷器放空口等，声级均在 90～105dB（A）之间。噪声的治理措施：

① 设计上优先选用噪声值较低的同类设备，对大功率电机加隔声罩或电机消声器，空冷器选择可调角的低噪声叶片及低噪声电机。

② 加热炉设计时选用带消声设施的燃烧器，风道部分采用密闭隔声措施。

③ 对增压机进行消声处理。

④ 对产生噪声的放空口均加消声器。

采取噪声防治措施后，厂界噪声达标。

（四）水质指标 pH 的测定

分四个小组，使用 PHBJ-260 型便携式 pH 计进行水质指标 pH 的测定。监测方法见附录Ⅱ。

1. 监测点确定

设两个监测点，分别是第二污水处理厂的进水和出水口，具体如下。

监测点 1：第二污水处理厂的进水口；

监测点 2：第二污水处理厂的出水口。

2. 监测记录

在每一测点测量时，按表 4-5 填写记录内容。

表 4-5 胜利油田石化总厂污水处理厂水质 pH 监测结果表

监测点号	测点位置	测量结果	pH 最高允许排放值[①]
监测点 1			
监测点 2			6～9

① 引自：污水综合排放标准（GB 8978—1996）。

3. 监测分析

比较进水和出水的 pH，将出水的 pH 实测值与"污水综合排放标准（GB 8978—1996）"中限定的 pH 最高允许排放值比较，对监测结果进行简单分析。

第五章

流域环境保护

第一节　流域与流域环境问题

一、流域概念

流域是指由分水线所包围的河流集水区。集水区分地面集水区和地下集水区两类，如果地面集水区和地下集水区相重合，称为闭合流域；如果不重合，则称为非闭合流域。平时所称的流域，一般都指地面集水区。

流域以水为主体，或者是河流，或者是湖泊、水库、海湾等，河流还可分为干流和支流。作为流域，简单的可以由一条河流（或湖泊、水库）及其周边陆域组成，复杂一点的可以由一条干流和若干条支流及其周边陆域组成，更复杂的可以由若干条干流、支流和若干个湖泊、水库联结而成。也就是说一个大流域可以按照水系等级分成数个小流域，小流域又可以分成更小的流域等。

二、流域环境问题及产生的原因

流域环境问题指的是发生在该流域水体中的环境问题，可分为两大类。

（一）水量方面的环境问题

又可分为水量过多导致的环境问题和水量过少导致的环境问题。前者主要是洪涝灾害问题，后者主要是水资源短缺和断流问题。

1. 洪涝灾害问题

洪涝灾害主要是自然因素造成的，但人类社会发展行为不当也是一个不可忽视的原因。在河流上游砍伐森林，削弱了对雨水的涵养能力，河流洪水增大，同时水土流失加剧，河床淤塞，河道水位抬高，导致洪水漫溢；围湖造田使湖泊对洪水的调蓄能力降低，也将导致洪水漫溢；人水争地，在河滩地上开垦农田，建设村屯，增加设施，侵占河道，使河流喘息的空间越来越少，带来严重的洪水危害等。

2. 水资源短缺、断流问题

引发水量过少的原因，一方面是自然因素，如地理、气候（降水少，蒸发大）等自然条件形成的"天灾"；另一方面是人类活动的影响，如过度开发水资源及水资源的低效率利用、水体污染导致的水资源使用功能的丧失、修建水库引水灌溉导致的下游严重缺水甚至断流等。而人类活动的影响越来越突出。

地表水资源短缺不仅使人民生活和经济发展受到严重影响，而且也加重了地下水超采，造成生态环境进一步恶化。

（二）水质方面的环境问题

主要是水体污染问题。一方面是人类在水域上的活动，如航运、水产养殖、围湖造田、围垦造田导致水体净化能力的降低等；另一方面是人类在陆域上的活动，如大量工业废水、生活污水不加处理直接排入水体及无组织排放的面源污染等。

第二节　黄河流域概况

一、流域自然概况

黄河是我国的第二大河，以其含沙量大和下游的地上悬河而闻名于世。黄河上游的盐碱灾害、中游的水土流失灾害和下游悬河引发的洪涝等灾害，严重地影响着沿黄地区的经济发展和人民生命财产安全，也使黄河的生态环境极其脆弱。

黄河发源于青海省巴颜喀拉山北麓海拔 4500m 的约古宗列盆地，流经青海、四川、甘肃、宁夏、内蒙古、山西、陕西、河南、山东九个省（区），在山东省的垦利县注入渤海，干流河道全长 5464km。

黄河流域位于北纬 32～42 和东经 96～119 之间。它西起青藏高原，东至渤海之滨，南界秦岭，北抵阴山。东西长约 1900km，南北宽约 1100km，面积约 $79.5 \times 10^4 km^2$（含内流区面积 $4.2 \times 10^4 km^2$）。流域地势自西向东大体分为三个阶梯，西部位于青藏高原东侧，海拔 3000～5000m；中部的黄土高原海拔 1000～2000m；东部是海拔 100m 以下的平原。黄河流域地理位置见图 5-1。

自黄河源头到内蒙古托克托县河口镇为黄河上游，河段长 3472km，落差 3846m，集水面积 $38.6 \times 10^4 km^2$，分别占黄河全流域河长、落差和集水面积的 63.5%、79.6% 和 51.3%。该区间汇入黄河的支流（集水面积 1000km² 以上，以下同）有 43 条。青海省玛多县以上的黄河源区地势开阔平坦，有湖泊 5300 多个，其中的扎陵湖、鄂陵湖（海拔大于 4200m）是该区最大的淡水湖。玛多至玛曲区间，黄河流经巴颜喀拉山与积石山之间的古盆地和低山丘陵，大部分河段河谷宽阔，间有几段峡谷。玛曲至青海省境内的龙羊峡区间，黄河流经高山峡谷，水流湍急，水力资源较为丰富。龙羊峡至宁夏境内的下河沿，川峡相间，水量丰沛，落差集中，是黄河水力资源的"富矿"区，也是全国重点开发建设的水电基地之一。下河沿至河口镇，黄河流经宁蒙平原，河道展宽，比降平缓，两岸分布着大面积的引黄灌区和待开发的干旱高地，是黄河流域重要的农业基地。自 20 世纪 90 年代以来，黄河上游段由于降水少，蒸发大，加上灌溉引水和河道渗漏损失，致使黄河水量沿程减少。沿河平原不同程度地存在洪水和凌汛灾害。

河口镇至郑州的桃花峪为黄河中游，是黄河洪水和泥沙的主要来源区，河段长 1224km，落差 895m，集水面积 $34.4 \times 10^4 km^2$，分别占黄河全流域河长、落差和集水面积的 22.4%、18.5% 和 45.7%。该区间汇入黄河的支流约 30 条。河口镇至禹门口是黄河干流上最长的一段连续峡谷，河段内支流绝大部分流经水土流失严重的黄土丘陵沟壑区，是黄河泥沙特别是粗泥沙的主要来源，全河多年年平均输沙量 $16 \times 10^8 t$，其中 $9 \times 10^8 t$ 来源于此区

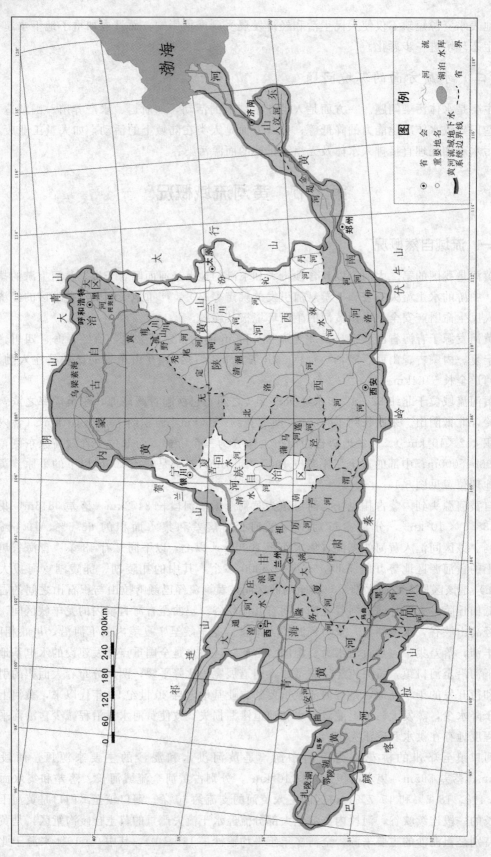

图 5-1 黄河流域地理位置图（引自：杯学钰等，2006）

间；该河段水力资源也很丰富，是黄河上第二大水电基地，峡谷下段有著名的"壶口瀑布"。

禹门口至三门峡区间，黄河流经汾渭地堑，河谷展宽，其中禹门口至潼关（简称小北干流），河长 132.5km，河道宽浅散乱，冲淤变化剧烈。河段内有汾河、渭河两大支流相继汇入，是黄河下游泥沙主要来源区之一，多年年平均来沙量 5.5×10^8 t。三门峡至桃花峪区间，在小浪底以上，河道穿行于中条山和崤山之间，是黄河的最后一段峡谷，出峡谷后，河谷逐渐展宽，逐步进入华北平原地区。

黄河干流自桃花峪以下为黄河下游，河段长 768km，落差 89m，集水面积 2.24×10^4 km^2，分别占黄河全流域河长、落差和集水面积的 14.1%、1.9% 和 3.0%。下游河道为地上悬河，汇入的支流很少，有 3 条（平原区有文岩渠和金堤河，山丘区有汶河）。目前黄河下游河床已高出大堤背河地面 3~5m，比两岸平原高出更多，严重威胁着广大平原地区的安全。从桃花峪至河口，除南岸东平湖至济南区间为低山丘陵外，其余全靠堤防挡水，堤防总长 1400 余千米。

利津以下为黄河河口段，随着黄河入海口的淤积-延伸-摆动，入海流路相应改道变迁。目前黄河河口入海流路是 1976 年人工改道后经清水沟淤积塑造的新河道，位于渤海湾与莱州湾交汇处，是一个弱潮陆相河口。40 多年来，黄河年均输送到河口地区的泥沙约 10×10^8 t，年均净造陆面积 25~30km^2。

二、流域洪水

（一）黄河洪水来源

黄河干流暴雨洪水主要来自五个地区：上游的兰州以上地区、中游的河口镇至龙门区间（简称河龙间）、中游的龙门至三门峡区间（简称龙三间）、中游的三门峡至花园口区间（简称三花间）和下游的大汶河流域。

兰州以上地区的洪水主要威胁在兰州河段和宁蒙河段，洪水经过长距离演进和水库调蓄，形成相对平缓的基流，对黄河下游防洪影响不大；黄河下游仅有金堤河和大汶河汇入，其洪量不大，对黄河干流洪水影响也不大。因此，黄河中游三个区间的暴雨洪水对黄河下游防洪安全威胁较大。

以河龙间和龙三间来水为主形成的大洪水（简称上大型洪水）占花园口站洪峰流量的 70%~80%，其特点是洪峰高，洪量大，含沙量高，产生的较大洪水洪峰流量一般为 15000~22000m^3/s，日平均含沙量可达 800~900kg/m^3。两个区间洪水对黄河下游和三门峡库区防洪威胁严重；以三花间来水为主形成的大洪水（简称下大型洪水）占花园口站洪峰流量的 70%~80%，其特点是洪水涨势猛，洪峰高，含沙量低，对黄河下游防洪威胁更为严重；以龙三间和三花间共同来水组成的大洪水（简称上下较大型洪水）占花园口站洪峰流量的 40%~50%，其特点是洪峰较低，洪水历时长，对黄河下游防洪也有相当程度的威胁。

（二）洪水治理

黄河洪水具有两重性。一方面，洪水的发生会给沿黄人民群众生活、工农业生产带来不可估量的损失，造成人力、物力、财力资源的极大破坏；另一方面，黄河洪水作为资源，是水资源的重要补给形式，是改善生态环境的重要条件，无论从水资源供给或冲沙来看，汛期洪水都是资源。黄河防洪要辩证地看待洪水，积极通过黄河防洪工程抗御洪水，通过引黄涵闸、水库、蓄滞洪区等有效地蓄滞洪水，防止洪水泛滥，确保沿黄群众生活生产不受损失；同时，也要积极利用洪水资源，对河道内串沟等进行淤积，防止横河、斜河的发生。在黄河治理"上拦下排、两岸分滞"大的治理方略指导下，利用现有的水库、蓄滞洪区、防洪工程等，通过现代化洪水预报手段实现洪水调度方式的转变，提高对洪水的控制、协调和利用能力，适时、适量排泄、蓄滞黄河洪水，补充地下水源，减轻黄河洪水对下游防洪的压力，合理利用水资源，不断改善生态环境。做到中、常洪水保证黄河安全度汛；遇超标准洪水，适时进行排、蓄、调，为洪水留有足够的蓄滞、排泄空间，尽力减轻洪灾损失，实现洪水资源化。在防洪的同时，综合考虑洪水的资源功能和生态环境功能，按照"除害兴利结合、防汛抗旱并举"的思路，适当控制洪水，减少洪水危害，主动适应洪水，积极应对洪水，使黄河洪水向有利的一面发展，实现人水和谐相处。

三、流域水资源开发利用现状

（一）黄河水资源量

黄河多年年平均天然径流量 $580 \times 10^8 m^3$，占全国河川径流总量的 2%；流域内人均水量 $593 m^3$，为全国人均水量的 25%；耕地亩均水 $324 m^3$，为全国耕地亩均水量的 17%。黄河流域天然年径流量的地区分布见表 5-1。

表 5-1　黄河流域天然年径流量地区分布表（1919～1975 年系列）

区　间	控制面积		平均天然年径流量		年径流深/mm
	/km²	占全河/%	/10⁸m³	占全河/%	
兰州以上	222551	29.6	322.6	55.6	145.0
兰州至河口镇	163415	21.7	10.0	1.7	/
河口镇至龙门	111586	14.8	72.5	12.5	65.0
龙门至三门峡	190869	25.4	113.3	19.5	59.4
三门峡至花园口	41616	5.5	60.8	10.5	146.1
花园口以上	730036	97.0	559.2	96.4	76.7
花园口至黄河口	22407	3.0	21.0	3.6	93.7
黄河流域	752443	100.0	580.2	100.0	77.1

（二）黄河水资源特点

1. 水少沙多

黄河流域多年平均降水量 452mm，在全国十大水资源分区中仅高于内陆河，居倒数第二；多年平均天然径流量 $580 \times 10^8 m^3$，为全国河川径流量的 2%，居全国七大江河的第四位，属于资源型缺水的典型流域；流域内人均水量 $527 m^3$，分别为全国和世界人均水量的 22% 和 6%；耕地亩均水量 $294 m^3$，分别为全国和世界亩均水量的 16% 和 13%；加上流域外的供水需求，人均和耕地亩均水量更少。黄河多年平均输沙量 $16 \times 10^4 t$，其中 $12 \times 10^4 t$ 流入渤海，$4 \times 10^4 t$ 淤积在下游河道内。河川径流平均含沙量 $35 kg/m^3$，实测干流最高含沙量达 $911 kg/m^3$。世界多泥沙河流中，孟加拉国的恒河年输沙量 $14.5 \times 10^4 t$，但流量大，含沙量只有 3.9kg/m³；美国的科罗拉多河含沙量 27.5kg/m³，略低于黄河，但年输沙量仅 1.35×10⁴t，所以说黄河是世界上含沙量最大的河流。

2. 年际变化大、年内分配集中、连续枯水段长

黄河流域属典型的季风气候区，降水的年际、年内变化决定了河川径流量时间上分配不均。黄河干流各站年最大径流量一般为年最小径流量的 3.1～3.5 倍，支流一般达 5～12 倍；径流年内分配集中，干流及主要支流汛期（7～10 月）径流量占全年的 60％以上，且主要以洪水形式出现；黄河自有实测资料以来，出现了三个连续枯水段，其中 1922～1932 年和 1990～2001 年为长达 11 年和 12 年的枯水段。

3. 水沙异源、水土资源分布不一致

黄河水、沙的来源地区不同。兰州以上面积占全河的 30％，河川径流占全河的 56％，沙量不足全河的 6％；黄河中游面积占全河的 46％，河川径流占全河的 43％，沙量占全河的 90％以上。黄河流域具有丰富的土地资源，但水土资源分布很不协调，大部分耕地集中在干旱少雨的宁蒙沿黄地区、中游汾河、渭河河谷盆地以及河川径流较少的下游平原引黄灌区。

黄河水资源的上述特点，要求开发利用黄河河川径流必须加以充分调节，必须统筹兼顾除害与兴利的关系，统筹考虑上中下游和各部门用水的关系，水库调蓄和工农业用水必须考虑中下游输沙用水的要求等。

（三）黄河水资源开发利用现状

截至 2002 年，流域内已建大、中、小型水库 3100 余座，总库容 600 多亿立方米；修建引水工程约 9860 处，提水工程约 2.36 万处，机电井工程约 38 万眼；在黄河下游，还兴建了向两岸淮河、海河平原地区供水的引黄涵闸、提水站 120 多座。

黄河供水范围从新中国成立初期主要集中在宁蒙河套灌区、陕西关中地区、山西汾河流域，扩大到目前的沿黄九省（区）和河北、天津。引黄灌溉面积 753×10⁴hm²（含流域外引黄灌溉面积 247×10⁴hm²），在约占耕地面积 36％的灌溉面积上生产了 70％的粮食和大部分经济作物。此外，黄河还担负着沿黄 50 多座大中城市、420 个县（旗）城镇人口、晋陕蒙地区能源基地和中原、胜利油田的供水任务。并且还有引黄济青、引黄济津、济冀等跨流域调水工程，多次实施了远距离调水。

黄河水资源的综合开发利用，改善了上中游部分地区的生态环境，解决了农村近 3000 万人的饮水困难。黄河以占全国 2％的河川径流量，承担了流域内和下游流域外引黄灌区占全国 15％的耕地面积和 12％人口的供水任务，发挥了巨大的经济和社会效益。

（四）黄河水资源开发利用中存在的主要问题

1. 水资源供需矛盾日趋尖锐

不断扩大的供水范围和持续增长的供水要求，使黄河承担的供水任务已超过其承载能力，造成水资源供需矛盾日益尖锐，地区间用水矛盾加剧。黄河下游持续长时间断流是水资源供需矛盾突出的集中表现。

1972～1998 年的 27 年中，下游利津站有 21 年出现断流，累计达 1050 天。进入 20 世纪 90 年代，黄河断流加剧。70、80 年代断流年份平均断流天数分别为 14、15 天，而 1991～1998 年每年都出现断流，平均每年断流 107 天，1997 年距河口最近的利津水文站全年断流达 226 天，断流河段曾上延至距河口约 780km 的河南开封附近（表 5-2）。断流造成了部分地区无水可供、河道主河槽淤积加重、洪水威胁和防洪难度增加、河口地区生态环境恶化和生物多样性减少，制约了经济、社会、环境的协调发展。

表 5-2　1972～1999 黄河断流情况统计①

年份	断流河长/km	断流天数/d	年份	断流河长/km	断流天数/d
1972	310	19	1988	15	5
1974	316	20	1989	277	24
1975	278	13	1991	131	16
1976	166	8	1992	303	83
1978	104	5	1993	278	60
1979	278	21	1994	308	74
1980	104	8	1995	683	122
1981	662	36	1996	579	136
1982	178	10	1997	700	226
1983	104	5	1998	—	148
1987	216	17	1999	—	42

① 1999 年 3 月 1 日后，开始实行新的调水方案，2000 年黄河未断流。

2. 用水管理粗放，部分地区浪费水现象严重

由于部分灌区渠系老化失修、工程配套较差、灌水田块偏大、沟长畦宽、土地不平整、灌水技术落后及用水管理粗放等原因，部分灌区大水漫灌、浪费水现象严重，灌溉水利用系数只有 0.4 左右。工业用水也存在浪费现象，大中城市的工业用水定额和重复利用率，与国外先进城市相比还有较大差距。

3. 水质污染严重

近十多年来，黄河流域水污染明显在加重，20 世纪 90 年代初，进入黄河的废污水年排放量达 42×10^8 t，与 80 年代初相比增加了一倍，大量未经处理或未达标排放的废污水进入黄河，使水质呈急剧恶化趋势，水质污染已从支流发展到干流，干流水污染也从原来的上游部分河段蔓延到中下游。

4. 对水源保护和生态环境建设重视还要进一步加强

新中国成立 60 多年来，黄河流域水资源开发利用得到了很大提高，促进了经济社会的发展。但在一定时期内，黄河水资源开发利用着重为经济发展服务，在一定程度上忽略和挤占了流域生态环境需水和水环境需水，一些地区盲目开荒种地、滥采乱伐森林，致使湿地萎缩甚至消失、水源涵养地减少、水土流失严重，生态环境遭到破坏。

5. 中游干流河段水库调节能力不足

按照流域规划，三门峡、小浪底、碛口、古贤等四座水利枢纽为黄河中游控制洪水和泥沙的骨干工程。受库区淤积和潼关高程的限制，已建的三门峡水库只能进行有限的调节，一般年份在 2～3 月结合防凌最大蓄水量仅 14×10^8 m³，远不能满足下游引黄灌溉用水要求。小浪底水库长期有效库容 51×10^8 m³，可起到一定程度的调节作用。但仅靠三门峡和小浪底水库，中游干流河段的水库调节能力仍显不足，尤其是河口镇至龙门区间的晋陕峡谷缺乏可调节径流的控制性水利枢纽工程。

四、黄河河口河道治理

（一）黄河河口位置

黄河河口包括河口段、三角洲和三角洲海域三部分（图 5-2）。河口段指滨州市道旭以下至现代三角洲顶点垦利县渔洼间的河段，长约 70km。三角洲分为近代三角洲和现代三角洲。近代三角洲指以垦利宁海为顶点，北起套尔河口，南至支脉沟口，面积约 6000km² 的扇形地区，是 1855 年至新中国成立前形成的；现代三角洲指以垦利渔洼为顶点，北起挑河口，南至宋春荣沟，面积约 2400km² 的扇形地区，主要是由新中国成立后为大力发展河口经济、保护河口工农业发展、防洪防凌等目的而人工改道控制而成。三角洲海域指三角洲低潮岸线外侧 20km 的海域，是渤海湾和莱州湾的一部分。《黄河河口管理办法》中所指黄河河口是指以山东省东营市垦利县宁海为顶点，北起徒骇河口，南至支脉沟河口之间的扇形地域以及划定的容沙区范围。

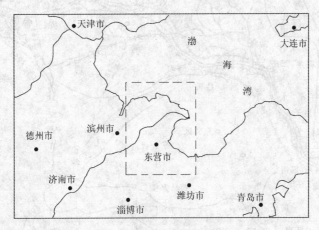

图 5-2 黄河口位置示意图

（二）黄河河口河道的演变及其原因

黄河河口为弱潮、多沙和堆积性河口。历史上黄河三角洲人烟稀少，在基本不受人为因素影响的情况下，黄河尾闾摆动频繁。1855～1976 年，近代三角洲共经历了 50 余次的改道，较大改道 10 次，其中，新中国成立前 7 次，之后 3 次（图 5-3）。

淤积延伸摆动改道是黄河河口在一定水沙条件下的自然规律，近代历史上黄河河口的十年一改道，实际上是客观自然规律与包括人工实施不同程度的河道治理措施在内的人类活动共同作用的结果。十年一改道中，有的起因于洪水破堤，有的是人工改道。洪水破堤本身也是自然规律与人类活动双重作用的结果（河道淤积，洪水位相应抬高，而又无有效的治理措施，最终导致洪水破堤）。

如在近代黄河三角洲的 10 次改道中，1855～1929 年间河道改道是自然改道，基本上是洪水破堤造成的，1929 年以后的几次改道人为因素的作用比较大，特别是 1949 年新中国建立以后的 3 次改道，人为因素更大。1953 年 7 月神仙沟流路是人工裁弯并汊形成的，1964 年 1 月刁口河流路是凌汛人工破堤形成的，而 1976 年 5 月清水沟流路更是有计划的人工截流改道，这是人们在逐步加深认识黄河口演变规律的基础上，适应当地社会经济发展的必然

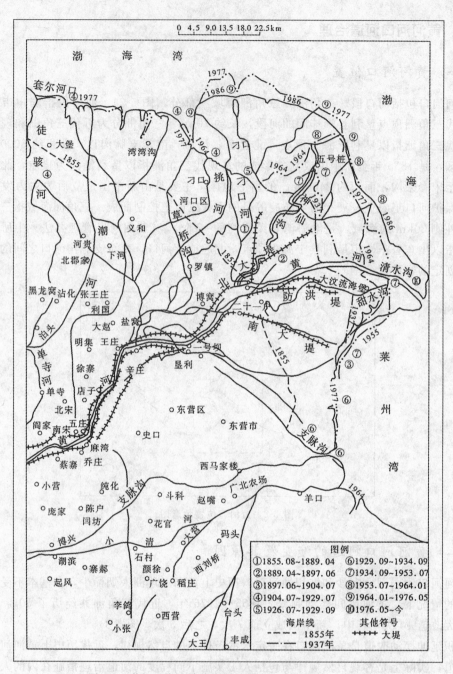

图 5-3 黄河入海流路演变图（引自：李殿魁等，2002）

结果。

（三）黄河河口河道整治的重要意义

黄河三角洲拥有丰富的自然资源，这里土地资源丰富，人均占地面积 $0.51hm^2$，目前尚待开发的荒碱地近 $40 \times 10^4 hm^2$；滩涂、海洋资源辽阔，海岸线长达 350km，浅海面积 $4800km^2$；油气资源丰富，胜利油田 80% 以上的产量集中在这里；盐卤资源极为丰富，地下埋藏着储量近 $6000 \times 10^8 t$ 的巨型盐矿。但受黄河入海流路不稳定等因素的影响，黄河三角洲的开发受到很大限制，因此，治理河口、稳定黄河入海流路是胜利油田稳产高产的根本前提和黄河三角洲全面开放开发的可靠保证，而且对山东省乃至黄河流域和全国经济社会的发展都将产生重大而深远的影响。现行清水沟流路是 1976 年人工改道形成的，通过堵截原入海流路刁口河，开挖清水沟引河，使入海流路改走清水沟流路，已行河 30 余年，它的稳定体现了河口治与不治的截然不同。自清水沟流路改道以来，先后实施了河口疏浚治理试验、河口治理一期、人工出汊、挖河固堤等措施进行河道行治理建设。尤其是 1996～2006 年为期 10 年的"一期工程"（《黄河入海流路治理一期工程》）建设取得了显著的效益，初步建成了黄河河口清水沟流路的防洪工程体系，确保了防洪安全；稳定了河口河道的河势，延长了清水沟流路的行水年限；保护了黄河三角洲经济社会发展和胜利油田的开发建设等。

（四）黄河河口河道综合治理措施

1. 纳入黄河部门统一管理

黄河口的治理是黄河整体治理的重要组成部分，涉及方方面面，建议将黄河河口治理、工程管护以及现行河道、故道和备用流路等纳入黄河部门统一规划和管理，其治理、管护以及抢险经费应列入国家投资计划。

2. 进一步完善防洪工程体系，提高防御洪水能力低

按标准化堤防标准加高、帮宽、加固堤防和险工等；完善河道整治工程，进行挖河疏浚，减轻河道淤积；完善防洪非工程设施、管理设施等建设，进行治黄基础工作和科学试验工作，如加快黄河口物理模型试验基地的建设等。

3. 采取工程措施，遏制海岸蚀退和湿地退化

刁口河河口附近海岸线蚀退、湿地退化的主要原因是黄河改走清水沟流路之后，断绝了水沙资源，在海洋动力因素的作用下海岸线发生演变，并逐渐后退。为此，建议在西河口建设枢纽工程，让清水沟流路和刁口河流路轮换使用，使两口门海域不断得到淡水和泥沙的补充，遏制海岸蚀退和湿地退化，以保持海岸线冲淤平衡。

4. 加大水资源统一调度管理力度，确保黄河口生态需水量

研究结果表明：利津站全年的最低流量应保持在 $230m^3/s$ 以上，每年 4～6 月份为保证黄河口近海鱼类产卵季节需水，应保持流量在 $300m^3/s$ 以上，全年生态环境最小需水量需要 $(73～93)×10^8 m^3$。

第三节　黄河河口实地考察

教学目标：（1）加深对流域水资源开发利用中的环境问题及其产生原因的认识和理解；（2）了解黄河流域自然概况、水资源特点及开发利用现状、流域洪水特点及黄河东营段防洪工程体系建设；（3）了解利津水文站的主要工作任务，主要监测的水文要素及其监测设备设施和测站的基本特征；（4）掌握 GPS 和 TES-1310 热电偶测温计的使用方法。

教学内容：（1）黄河河口研究院专家讲座——"黄河河口的演变与治理"；（2）黄河东营段防洪工程和引黄兴利工程实地考察，用 GPS 对考察点定位；（3）利津水文站考察，

了解水文站的监测设备、设施及观测的主要水文要素，测量黄河水的水温。

教学认识：(1) 黄河上、中、下游各自的主要环境问题是什么？(2) 黄河河口河道演变及其成因；(3) 黄河口东营段防洪工程体系的组成，各类工程的作用、建设现状；(4) 黄河河口河道治理存在的问题及对策；(5) 利津水文站的主要任务、监测项目与频次。

教学要求：(1) 预习本章关于流域、流域环境问题及黄河流域概况(第一、二节内容)；(2) 认真做好野外记录；(3) GPS定位和水温监测分4个小组进行，要求监测结果准确、可靠。

路线 8-1. 黄河河口防洪、引黄兴利工程

1. 防洪工程介绍

黄河东营段防洪工程主要有堤防、险工、控导(护滩)和蓄滞洪工程。

(1) 堤防工程 黄河东营段的西河口以上河道蜿蜒曲折，河床宽度在5km以下。麻湾至王庄段河长30km，河段宽度不足1km，素有"窄胡同"之称，受溯源淤积和沿程淤积的双重影响，河床不断淤高上升，主槽抬高尤甚，导致河床纵比降仅1/10000，横比降加大到1/7000左右，形成主槽高于滩面，滩面高于地面的"地上悬河"。西河口以下属河流入海段，受潮汐顶托影响，拦门沙发育快速，溯源淤积严重，导致河道宽浅散乱，入海流路变迁频繁。

上述河道特性，对黄河水沙下泄造成不利，洪水凌汛都曾酿成重大灾害。为了控制洪水凌汛，清末民国时期先后在黄河两岸修筑过一些官堤、民埝、套堤、灶堤等御水工程。但因低矮短小，质量不高，遇有较大洪水或溢或溃，"三年两决口，十年一改道"的局面持续90余年。1946年开始进入人民治黄时代，新中国成立初期，党中央、国务院制定了"依靠群众，保证不决口、不改道，以保护人民群众生命财产安全和社会主义建设"的治河方针。在"宽河固堤"思想指导下，大力实施堤防建设工程，继1946～1949年进行解放区大复堤运动之后，又在新中国成立后完成3次大复堤工程。经过对堤防多次培修，堤防长度不断增加，断面不断增大，防洪标准逐步提高。为解决麻湾至王庄窄河道凌汛威胁，还在1971年兴建了南展宽大堤。期间，因黄河入海流路不断演变，有些年久失修的废旧堤线因失去修守价值，相继放弃。目前，境内保留的黄河堤防总长度302.13km，类型分为3种。

① 临黄堤 垦利县渔洼以上两岸堤防为临黄堤，长130.27km。其中，左岸自利津县董王村到四段村，长64.23km，顶宽7m；右岸自东营区老于村到垦利二十一户，长66.04km，义和以上顶宽7m，以下顶宽5m。

② 河口堤 垦利县渔洼以下两岸堤防为河口堤，长133.21km。其中，左岸2条，北大堤及其延长工程，自利津县四段村到孤东围堤三号险工，长44.63km；民埝，自利津县四段村到河口区羊栏沟，长20.44km。右岸3条，防洪堤，自垦利县二十一户到防潮坝，长27.80km，顶宽7m，堤高一般7～9m；南大堤，起自二十一户，止于防潮坝，长25.84km；东大堤，自生产屋子至三号半，长14.50km(图5-4)。

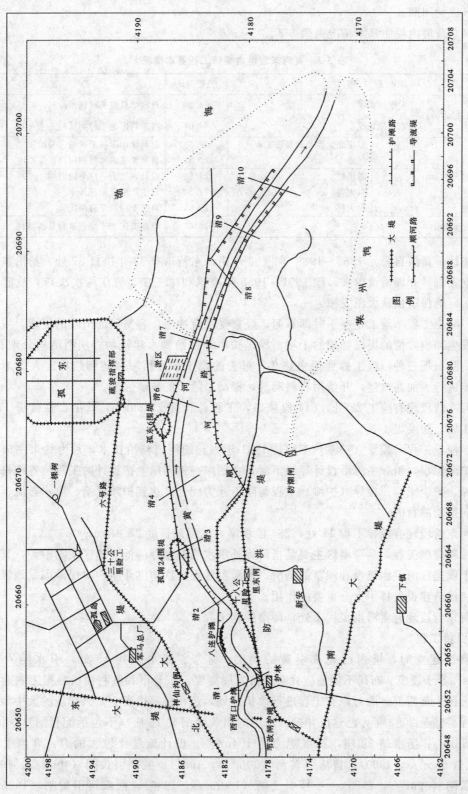

图 5-4 黄河口治理工程示意图（引自：李殿魁等，2002）

③ 南展堤　总长 38.65km，上端在东营区老于家，下端在垦利县西冯村，两端与临黄堤连接形成封闭圈。

黄河东营境内堤防基本情况见表 5-3。

表 5-3　黄河东营境内堤防工程基本情况

堤　防　工　程			长度/km	位　　置
临黄堤(130.27km)	左岸临黄堤		64.23	自利津县董王村到四段村
	右岸临黄堤		66.04	自东营区老于村到垦利二十一户
河口堤(133.21km)	左岸	左岸北大堤及其延长工程	44.63	自利津四段村至孤东三号险工
		民埝	20.44	自利津县四段村到河口区羊栏沟
	右岸	防洪堤	27.80	自垦利二十一户至防潮坝
		东大堤	14.50	自生产屋子至三号半
		南大堤	25.84	自二十一户至防潮堤
南展堤(38.65km)			38.65	自东营区老于家至垦利县西冯村

据统计，黄河自公元 1855～1938 年的 83 年中，东营市有 34 年决口 87 处，给沿黄人民带来深重灾难。开展治黄以来，除 1951、1955 年凌汛利津王庄、五庄两次决口，战胜了历次大洪水，确保了伏秋大汛安澜。

（2）险工工程　险工是在平时即靠河，经常受水流冲击，容易贴溜出险的堤段，或历史上往往发生冲刷险情的堤段修建的丁坝、垛、护岸等挑溜御水建筑物。坝型结构分砌石坝、扣石坝、乱石坝三种。险工修建历史悠久，过去的险工多为秸埽和砖柳结构。人民治黄以来，逐步进行了加高改建，开始用石料砌筑，提高了险工的抗洪强度。

黄河东营段现有险工 22 处，644 段坝岸，工程总长度 27.69km，其中，临黄堤 17 处，北大堤 4 处，防洪堤 1 处。

（3）控导工程　控导（护滩）工程是 1951 年兴起的河道整治技术，是为约束主流摆动范围、护滩保堤，引导主流沿设计导线下泄，在凹岸一侧滩岸上按设计的工程位置线修建的丁坝、垛、护岸工程。控导（护滩）工程与险工互为配合，达到护滩保槽、束水导流、限制河势横向摆动的目的。

黄河东营段现有控导工程 17 处，264 段坝岸，工程总长度 27.43km。

（4）蓄滞洪工程　蓄滞洪区主要是指河堤外洪水临时储存的低洼地区或湖泊等，其中多数历史上就是江河洪水淹没和调蓄的场所。蓄滞洪区在历次防洪斗争中对保障国家地区的安全和国民经济建设发挥了十分重要的作用。

黄河东营段现有蓄滞洪工程 1 处，即南展宽工程。

2. 引黄工程

东营市建立时，境内已建成引黄的涵闸、虹吸、扬水站共 15 处，引水能力不足 200m³/s。鉴于规模、布局不能适应社会经济发展需要，东营市和胜利油田根据工农业生产及城乡人民生活需要，除对原有工程进行改扩建外，还积极筹措资金，兴建新的大中型引黄供水工程。截至 2002 年，已建成并投入运用的引黄涵闸共 16 座（不包括配套闸），引水能力达 505m³/s；扬水站 22 座，提水能力达 104m³/s。设计流量比较大的有：麻湾引黄闸（设计流量 60m³/s，1990）、曹店引黄闸（30m³/s，1984）、胜利引黄闸（40m³/s，1988）、路庄引黄闸（30m³/s，1996）、一号引黄闸（100m³/s，1986）、西双河引黄闸（100m³/s，1986）、宫家引黄闸（30m³/s，1988）、王庄引黄闸（80m³/s，1988）、罗家屋子引黄闸

（30m³/s，1993）、神仙沟引黄闸（25m³/s，1988）等。引黄工程不仅为地方工农业生产和人民生活供水，而且还为胜利油田工农业和职工生活用水供水。1987～2001年东营市年平均引黄水量为10.30×10⁸m³，其中胜利油田年3.6×10⁸m³左右。

3. 防洪、引黄兴利工程考察

本次实习重点考察西河口以上河口河道的防洪和引黄兴利工程。防洪工程包括临黄堤、义和险工、王庄险工、东关护滩、南展宽工程及章丘屋子泄洪闸；引黄兴利工程主要是王庄引黄闸。

（1）义和险工　义和险工位于黄河下游右岸垦利县境内，始建于1949年春，相应大堤桩号236＋700～239＋170。工程长度2470m，护砌长度1861m，现有坝岸11个、71段。险工坝顶高程14.58m（黄海高程，下同），边坡均为1：1.5，根石顶高程为10.76m，顶宽2.0m。设计防洪标准为2000年水平年，相应设计防洪水位13.43m。该险工的修建主要作用是迎挑缓解左岸东坝控导的溜势，调整流向走势。

（2）王庄险工　王庄险工位于黄河左岸利津县境内，是历史上的著名险工，始建于1899年。相应大堤桩号326＋774～329＋300，工程长度2526m，护砌长度2920m，现有坝岸80段。坝顶高程为上部17.67m，中部17.59m，下部17.71m。

（3）东关护滩　东关护滩（控导工程）位于黄河左岸利津县境内，始建于1955年。相应滩桩号109＋679～111＋100，工程长度1421m，护砌长度118m，现有坝垛15段。

1953年张家滩险工溜势普遍右移，从9号柳石堆以下至毕家庄村北滩岸坍塌严重，因此1955年先在毕家庄以上修建柳石堆8段，即现东关控导工程6～13号，次年又在两端修建柳石堆7段，即现工程1～5号和14、15号。

（4）南展宽工程　南展宽工程是东营市黄河南岸的分滞洪工程，它是为解决麻湾至王庄30km窄河道的凌汛威胁而于1971年开始兴建，1978年基本完工的。工程规划自博兴县（现东营区）老于村至垦利县西冯村之间另修一条新堤（即南展堤），与原临黄堤形成封闭圈作为蓄（滞）洪（凌）区，总面积123.3km²，设计库容3.27×10⁸m³。运用方案是当原河道水位接近设防水位时，在麻湾或曹家店实施分洪，在章丘屋子泄洪。主要工程有：修建自博兴县老于家至垦利西村全长38.651km展宽堤，堤高一般6～8m；为向展宽区内分凌分洪，在展宽区内上首修建麻湾分凌分洪闸，设计分凌流量1640m³/s，设计分洪流量2350m³/s；为了退水，在展宽区下首修建章丘屋子泄洪闸，设计泄洪流量1530m³/s；此外，为解决展宽区外引黄和排展宽区内涝水，在南展宽堤上修建有灌排闸5处、9座。

展区内有油气井60多眼，年产原油十几万吨；房台29个，面积321×10⁴m²；展区涉及东营区龙居乡、垦利县董集乡、胜利乡、宁海乡、垦利镇5个乡镇、66个自然村，人口5万余人。工程建成后，由于黄河未曾发生较大洪水，一直未作分洪应用。为改善分洪区内生产条件，曾在1979年进行一次放淤改土。1996年，又将宁海以下改建为水库使用。

（5）章丘屋子泄洪闸　章丘屋子泄洪闸位于黄河右岸垦利县境内展宽堤下端临黄堤，桩号232＋730，为桩基开敞式闸型。全闸16孔，每孔净宽8m，底板高程9.5m，设计防洪水位16.0m，泄洪流量1530m³/s，采用钢筋混凝土平板闸门，装有移动式起闭机2台。1973年10月开工建设，1976年11月竣工，历时3年时间建成。

（6）王庄引黄闸　王庄引黄闸位于黄河左岸利津县王庄险工47～51号坝之间，临黄堤桩号328＋192处。该闸兴建于1969年，为了满足农田灌溉和油田供水的需要，1987年4月至1988年10月，胜利油田投资985万元，重建王庄引黄闸。新闸为4孔桩基开敞式闸门，每孔净高 3m、宽 6m；设计引水位 8.85m，防洪水位 18.70m，设计闸底板高程 6.60m，设计闸后水位 8.65m；设计引水流量 80m³/s，加大引水流量 100m³/s。采用钢筋混凝土平板闸门，装有 2×40t 双点吊卷扬式起闭机 4 台。

王庄灌区是东营市黄河以北唯一的大型引黄灌区，灌区控制范围南以黄河为界，西至潮河、马新河，东、北临渤海，覆盖利津县大部分、河口区全部及渤海农场、济南军区生产基地和胜利油田 4 个采油厂，总控制面积 1919km²。该区域自然资源丰富，土地辽阔，开发潜力巨大，是黄河三角洲正在开发的一块宝地。2000 年实施节水改扩建工程时设计灌溉面积 3.93×10⁴hm²（二期工程规划灌溉面积 6.53×10⁴hm²），2002 年实灌面积 3.75×10⁴hm²，引水量 3.37×10⁸m³。

路线 8-2. 利津水文站

1. 利津水文站介绍

（1）位置、建站时间与主要任务 利津水文站是黄河最下游的水文站，系全国大江大河重要水文站。站址位于山东省东营市利津县利津镇刘家夹河村，地理位置为东经 118°18′，北纬 37°31′，距河口入海处 104km。

该站由前黄河水利委员会于 1934 年 6 月设立，1937 年 11 月因抗战停测。1950 年 1 月重新设站，现归黄委会山东水文水资源局领导。该站的主要任务是：监测黄河入海水量、沙量，为黄河下游防洪、防凌、水资源统一调度提供水情；研究和探索水文要素变化规律，为黄河下游河道治理、水沙资源利用以及黄河三角洲开发等搜集水文资料；对外承担各类水文测试项目，地形、河道测量等。

（2）测报设施设备 利津水文站现有基本水尺断面、流速测仪流断面（基下 70m）、比降断面及上中下浮标断面、吊箱测流断面等多套测试断面；吊船吊箱两用过河揽道 1 座；钢板吊船 2 艘（长度分别为 14m 和 10.5m）；冲锋舟 2 艘；安装重铅鱼变频调速测流绞车 1 套；电动吊箱测流设备 1 套；微机测流系统 1 套；水位观测采用非接触式遥测水位计与人工观测相结合；横式采样器采取沙样；全站仪 1 台，经纬仪 2 架，水准仪 4 架；通信设备有委内程控电话 6 部、800 兆移动电话 8 部（其中三个水位站各 1 部）、市话手机 2 部，实现了水情联网；猎豹越野车 1 辆。

（3）测站基本特征

① 水沙运行基本特征 利津水文站测验河段属窄深型河道，水流一般在主槽内运行，当水位达到 14.50m（流量大于 4000m³/s）时，右岸滩地开始进水，滩地过流较小，一般不超过总流量的 5%。当前河道边界条件下，泺口至利津河段洪峰削减率在 8% 左右。含沙量的横向变化程度小于流速，一般水、沙峰分布较为均匀。沙峰运行一般滞后于洪峰，洪水漫滩后沙峰有时超前或同行于洪峰。

② 水位流量关系变化的基本特征 利津水文站水位-流量关系曲线低水时期由于受饮水、冲淤、冰凌等因素的影响，水位流量相关点左右摆动、分布散乱；中高水主要受洪水涨落和断面冲淤因素的综合影响，一般呈绳套曲线或单一线型。

据分析统计，3000m³/s 以上洪峰的水位-流量关系曲线，顺时针绳套占 32%，逆时针绳套占 28%，单一线占 40%。"82.8" 和 "96.8" 两次洪水的水位-流量关系曲线均呈逆时针绳套。

（4）监测项目及历年水文特征值 监测的水文要素主要包括流量、水位、水深、流速、径流量、含沙量、输沙量等，历年水文特征值见表 5-4。

表 5-4 利津水文站历年特征值统计表

统计要素	极 值	出现时间	相应要素及说明
流量/(m^3/s)	10400	1958.7.25	13.76m(水位)
水位/m	15.31	1955.1.29	1960m^3/s(流量)
水深/m	9.3	1976.9.9	8010m^3/s(流量)
流速/(m/s)	5.12	1959.8.25	7120m^3/s(流量)
径流量/$10^8 m^3$	359.9	1952～1995	多年平均
含沙量/(kg/m^3)	222	1973.9.7	3190m^3/s(流量)
输沙量/$10^8 m^3$	9.11	1952～1995	多年平均

2. 利津水文站考察

（1）教学认识 水文站的站址、建站时间，主要任务，观测项目及测报设备设施，监测频次等。

（2）水温监测 以小组为单位，分四个小组监测黄河水的水温和 pH，按表 5-5 记录监测结果。水温监测使用 TES-1310 热电偶测温计，监测方法见附录Ⅰ和附录Ⅱ。

表 5-5 黄河利津水文站断面黄河水温及 pH 监测记录表

河名	站名	断面名称	监测时间	监测项目	监测结果	标准值
黄河	利津	山东省利津县		水温/℃		
				pH		6～9

注：pH 标准值为《地表水环境质量标准》（GB 3838—2002）中规定的标准值。

第六章

自然保护区保护

第一节　自然保护区概述

一、自然保护区的概念与类型

（一）自然保护区概念

《中华人民共和国自然保护区条例》对自然保护区的定义：自然保护区是指对有代表性的自然生态系统、珍稀濒危野生动植物物种的天然集中分布区、有特殊意义的自然遗迹等保护对象所在的陆地、陆地水体或者海域，依法划出一定面积予以特殊保护和管理的区域。

自然保护区建设对于保护自然资源和生物多样性、维持生态平衡和促进国民经济可持续发展均有着重要的战略意义。

（二）自然保护区类型

1. 国际自然保护区分类

自从 1872 年美国建立了世界上第一个自然保护区——黄石公园以来，全世界各国都陆续建立了各种类型的自然保护区，由于保护对象、管理目标和管理级别的不同，使各国在保护区的名称上也是五花八门，各有特色。除去在城市中建造的人为公园外，全世界与自然界有关的保护区名称，据初步统计为 44 种（表 6-1）。

表 6-1　世界自然保护区名称

1. 人类学保护区	Anthropological Reserve	12. 狩猎动物保护区	Game Reserve
2. 生物保护区	Biological Reserve	13. 狩猎动物禁猎区	Game Sanctuary
3. 生物圈保护区	Biosphere Reserve	14. 受管理的自然保护区	Managed Nature Reserve
4. 鸟类保护区（禁猎区）	Bird Sanctuary	15. 受管理的资源区	Managed Resources Area
5. 保护区	Conservation Area	16. 多种经营管理区	MultipleUse Management Area
6. 保护公园	Conservation Park	17. 国家动物保护区	National Fauna Reserve
7. 联邦生物保护区	Federal Biological Reserve	18. 国家森林	National Forest
8. 动植物保护区	Fauna and Flora Reserve	19. 国家狩猎动物保护区	National Game Reserve
9. 动物保护区	Fauna Reserve	20. 国家（级）自然保护区	NationalNature Reserve
10. 森林和动物保护区	Forest and Fauna Reserve	21. 国家公园	National Park
11. 森林保护区（禁伐区）	Forest Sanctuary	22. 自然区	Natural Area

23. 自然生物保护区	Natural Biotic Reserve	34. 资源保护区	Resource Reserve
24. 自然景物保护区	Natural Landmark	35. 科学保护区	Scientific Reserve
25. 自然纪念地	Natural Monument	36. 州立(级)公园	State Park
26. 自然保育区	Nature Conservation Reserve	37. 严格的自然保护区	Strict Nature Reserve
27. 自然公园	Nature Park	38. 严格的保护区	Strict Reserve
28. 自然保护区	Nature Reserve	39. 野生生物管理区	Wildlife Management Area
29. 公园	Park	40. 野生生物保护区	Wildlife Reserve
30. 景观保护区	Protected Landscape	41. 野生动物避难区	Wildlife Refuge
31. 保护区域	Protected Region	42. 野生动物禁猎区	Wildlife Sanctuary
32. 省立(级)公园	Provincial Park	43. 原野地	Wildness Area
33. 保护区	Reserve	44. 世界遗产地	World Heritage Site

为了解决保护区类型各不相同的问题，国际自然和自然保护联盟（IUCN）与国家公园委员会（CNPPA）于1978年提出了保护区的分类、目标和标准。这个报告提出10个保护区类型（表6-2）。

表6-2 自然保护区类型（1987）

1. 科研保护区/严格的自然保护区	6. 保护性景观
2. 受管理的自然保护区/野生生物禁猎区	7. 世界自然历史遗产保护地
3. 生物圈保护区	8. 自然资源保护区
4. 国家公园与省立公园	9. 人类学保护区
5. 自然纪念地/自然景物地	10. 多种经营管理区/资源经营管理区

1984年CNPPA指定一个专家组开始修改保护区的分类标准，经过多次的讨论和完善，1993年IUCN形成了一个"保护区管理类型指南"，指南中将保护区类型最后确定为6种（表6-3）。

表6-3 自然保护区类型（1993）

1. 自然保护区/荒野区	4. 生境/物种管理区
2. 国家公园	5. 受保护的陆地景观/海洋景观
3. 自然纪念地	6. 受管理的资源保护区

2. 中国自然保护区分类与分级

《自然保护区类型与级别划分原则》（GB/T 14529—93）中，根据自然保护区的主要保护对象，将我国自然保护区分为三个类别九个类型（表6-4）。

表6-4 中国自然保护区类型划分表

类 别	类 型	类 别	类 型
自然生态系统类	森林生态系统类型 草原与草甸生态系统类型 荒漠生态系统类型 内陆湿地和水域生态系统类型 海洋和海岸生态系统类型	野生生物类	野生动物类型 野生植物类型
		自然遗迹类	地质遗迹类型 古生物遗迹类型

我国自然保护区分为国家级和地方级，地方级自然保护区又分为省（自治区、直辖市）级、市（自治州）级和县（自治县、旗、县级市）级，共计四级。

二、自然保护区的结构与功能

（一）自然保护区的结构

自然保护区的内部结构取决于被保护的自然资源和自然环境的特点。

一般地讲，自然环境保存比较完好，被保护物种个体和种群较为丰富又相对稳定，面积中等（$1000\sim200000\mathrm{hm}^2$）的自然保护区，其内部结构可分为三个部分，即核心区、缓冲区和实验区。对有多种自然综合体或多种生态系统的自然保护区，面积较大（$20\times10^4\mathrm{hm}^2$ 以上），可根据不同的功能划出更多特定的内部结构。

（二）保护区的功能

核心区、缓冲区和实验区具有不同的功能。

1. 核心区

自然保护区内保存完好的天然状态的生态系统以及珍稀濒危动植物的集中分布地为核心区。核心区具有以下特点：

① 自然环境保存完好，自然景观十分优美；

② 生态系统内部结构稳定，演替过程能够自然进行；

③ 集中了本自然保护区特殊的、稀有的野生生物物种。

核心区的面积一般不得小于自然保护区总面积的 1/3。在核心区内可允许进行科学观测，在科学研究中起对照作用。不得在核心区采取人为的干预措施，更不允许修建人工设施和进入机动车辆，禁止参观和游览的人员进入。

2. 缓冲区

缓冲区是指在核心区外围为保护、防止和减缓外界对核心区造成影响和干扰所划出的区域。它有以下两方面的作用：

① 进一步保护和减缓核心区不受侵害；

② 可允许进行经过管理机构批准的非破坏性科学研究活动。

3. 实验区

缓冲区外围，可进行从事科学实验、教学实习、参观考察、旅游以及驯化、繁殖珍稀濒危野生动植物等活动的区域。实验区内在保护好物种资源和自然景观的原则下，可进行以下活动和实验。

① 有计划地发展本地所特有的植物和动物资源，建立栽培和驯化试验的苗圃、种子繁育基地、树木园、植物园和野生动物饲养场。

② 建立科学研究的生态系统观测站、标准地、实验室、气象站、水文观察点、物候观测站，用收集到的数据和资料对生态系统进行对比和研究。

③ 进行大专院校的教学实习，设立科学普及教育的标本室和展览馆及陈列室、野外标本采集地。

④ 进行生物资源的永续利用和再循环方面的实验研究。

⑤ 具有旅游资源和景点的自然保护区，在经过调查和论证后在实验区内可划出一定的

点、线或范围，构成自然保护区的生态旅游区。它除了包括风景观赏和景点游览外，还有其独特的生态旅游方式，如组织观鸟、丛林探秘和跨树冠桥等项目，不仅使游人领略到了大自然美丽的风光，而且还受到了自然保护和野生生物学知识的教育。

三、中国自然保护区概况

截至 2003 年底，我国（不含香港、澳门特别行政区和台湾地区，下同）共建立各种类型、不同级别的自然保护区 1999 个，保护区总面积 $14398.05 \times 10^4 \, hm^2$。自然保护区类型结构（表6-5）显示：9 个类型中，森林生态系统类型的数量最多，达 1056 个，占保护区总数的 52.83%，其余依次为野生动物、内陆湿地和水域、野生植物、地质遗迹、海洋和海岸、草原与草甸、古生物遗迹、荒漠等类型，野生动物类型的面积最大，达 $4345.76 \times 10^4 \, hm^2$，占保护区总面积的 30.18%，其余依次为荒漠、森林、内陆湿地和水域、草原与草甸、野生植物类型和海洋与海岸等类型。

表 6-5　自然保护区类型结构

类　　　型	数　　量		面　　积	
	数量/个	占总数/%	面积/$10^4 hm^2$	占总面积/%
自然生态系统类	1371	68.58	9665.82	67.13
森林生态系统类型	1056	52.83	2958.24	20.55
草原与草甸生态系统类型	42	2.1	338.1	2.35
荒漠生态系统类型	24	1.2	3843.18	26.69
内陆湿地和水域生态系统类型	196	9.8	2391.83	16.61
海洋和海岸生态系统类型	53	2.65	134.47	0.93
野生生物类	501	25.06	4572.53	31.76
野生动物类型	379	18.96	4345.76	30.18
野生植物类型	122	6.1	226.77	1.58
自然遗迹类	127	6.35	159.7	1.11
地质遗迹类型	101	5.05	115	0.8
古生物遗迹类型	26	1.3	44.69	0.31
合计	1999	100	14398.05	100

保护区的级别：国家级 226 个，占保护区总数的 11.31%；地方级 1773 个，占保护区总数的 88.69%。地方级自然保护区中，省级 655 个，地市级 339 个，县级 779 个。我国自然保护区的管理在我国的行政体制下形成了由国家到地方各级环保部门统一监管、林业、农业、地矿、城建、海洋、水利等部门分工管理的独特的分级别、分类型与分部门的重叠交叉管理体制。

林业部门负责森林生态系统及陆栖野生动物类型自然保护区的建设与管理，农业部门负责草原、荒漠、内陆湿地和淡水水域生态系统以及水生动物类型自然保护区的建设与管理，地矿部门负责自然遗迹类型自然保护区的建设与管理，海洋部门负责海洋与海岸生态系统类型自然保护区的建设与管理。环保部门作为综合、监督管理部门，具体负责组织制定全国自然保护区发展规划、评价标准、方针政策、法规制度和管理指南，组织国家级自然保护区的评审工作以及监督检查自然保护区的管理质量等，为便于工作，也建立了部分较典型的自然保护区。水利、建设和中国科学院等部门也建立了一些自然保护区。

2003 年统计数据（表 6-6）显示：环保部门归口管理 251 个，林业部门归口管理 1360 个，农业部门归口管理 60 个，海洋部门归口管理 44 个，国土资源部门归口管理 82 个，城建部门归口管理 27 个，水利部门归口管理 61 个。另有 114 个保护区由科技、中医药、旅游等部门和科研院所以及乡镇政府等管理，统计中列为"其他"。

表 6-6 自然保护区的分部门管理

| 部门 | 数量/个 | | | | | 面积/$10^4\,hm^2$ |
	合计	国家级	省级	地市级	县级	
环保	251	39	65	42	105	2533.23
林业	1360	161	460	219	520	10732.41
农业	60	10	25	5	20	187.74
海洋	44	8	18	8	10	532.67
国土	82	7	39	11	25	128.57
城建	27	0	6	13	8	20.52
水利	61	0	12	15	34	118.93
其他	114	1	30	26	57	143.97

第二节 湿 地 概 述

一、湿地的概念与类型

（一）湿地的概念

"湿地"一词源自英文 wetland，关于湿地的定义，各国和各学者有不同的解释，大体上可分为广义和狭义两种。狭义定义一般认为湿地是陆地与水域之间的过渡地带；广义定义则把地球上除海洋（水深 6m 以上）外的所有水体都当作湿地。1971 年由俄、加、澳、英等 36 个国家在伊朗签订的《湿地公约》（拉姆萨尔条约）对湿地的定义即为广义的定义："湿地是包括天然或人工、长久或暂时的沼泽地、泥炭地或水域地带，带有或静止或流动、或为淡水、半咸水或咸水水体的水域，包括低潮时水深不超过 6 米的水域。"按照这种广义的定义，浅海水域、海草床、红树林、滩涂、沙滩、砾滩、河口三角洲、河流、湖泊、水源绿洲、沼泽、泥沼、洪泛地带、平原水库、城乡浅蓄水区、盐湖、盐沼、水田等，均在湿地之列。

（二）湿地的类型

《湿地公约》把湿地类型划分为 31 类天然湿地和 9 类人工湿地（表 6-7，表 6-8）。

表 6-7　天然湿地类型

（一）海洋/海岸湿地

A	永久性浅海水域：多数情况下低潮时水位小于 6m，包括海湾和海峡
B	海草层：包括潮下藻类、海草、热带海草植物生长区
C	珊瑚礁：珊瑚礁及其邻近水域
D	岩石性海岸：包括近海岩石性岛屿、海边峭壁
E	沙滩、砾石与卵石滩：包括滨海沙洲、海岬以及沙岛，沙丘及丘间沼泽
F	河口水域：河口水域和河口三角洲水域
G	滩涂：潮间带泥滩、沙滩和海岸其他咸水沼泽
H	盐沼：包括滨海盐沼、盐化草甸
I	潮间带森林湿地：包括红树林沼泽和海岸淡水沼泽森林
J	咸水、碱水泻湖：有通道与海水相连的咸水、碱水泻湖
K	海岸淡水湖：包括淡水三角洲泻湖
Zk(a)	海滨岩溶洞穴水系：滨海岩溶洞穴

（二）内陆湿地

L	永久性内陆三角洲：内陆河流三角洲
M	永久性的河流：包括河流及其支流、溪流、瀑布
N	时令河：季节性、间歇性、定期性的河流、溪流、小河
O	湖泊：面积大于 $8hm^2$ 永久性淡水湖，包括大的牛轭湖
P	时令湖：大于 $8hm^2$ 的季节性、间歇性的淡水湖，包括漫滩湖泊
Q	盐湖：永久性的咸水、半咸水、碱水湖
R	时令盐湖：季节性、间歇性的咸水、半咸水、碱水湖及其浅滩
Sp	内陆盐沼：永久性的咸水、半咸水、碱水沼泽与泡沼
Ss	时令碱、咸水盐沼：季节性、间歇性的咸水、半咸水、碱性沼泽、泡沼
Tp	永久性的淡水草本沼泽、泡沼：草本沼泽及面积小于 $8hm^2$ 泡沼，无泥炭积累，大部分生长季节伴生浮水植物
Ts	泛滥地：季节性、间歇性洪泛地，湿草甸和面积小于 $8hm^2$ 的泡沼
U	草本泥炭地：无林泥炭地，包括藓类泥炭地和草本泥炭地
Va	高山湿地：包括高山草甸、融雪形成的暂时性水域
Vt	苔原湿地：包括高山苔原、融雪形成的暂时性水域
W	灌丛湿地：灌丛沼泽、灌丛为主的淡水沼泽，无泥炭积累
Xf	淡水森林沼泽：包括淡水森林沼泽、季节泛滥森林沼泽、无泥炭积累的森林沼泽
Xp	森林泥炭地：泥炭森林沼泽
Y	淡水泉及绿洲
Zg	地热湿地：温泉
Zk(b)	内陆岩溶洞穴水系：地下溶洞水系

表 6-8　人工湿地类型

1	水产池塘:例如鱼、虾养殖池塘	6	蓄水区:水库、拦河坝、堤坝形成的一般大于 8hm² 的储水区
2	水塘:包括农用池塘、储水池塘,一般面积小于 8hm²	7	采掘区:积水取土坑、采矿地
3	灌溉地:包括灌溉渠系和稻田	8	废水处理场所:污水厂、处理池、氧化池等
4	农用洪泛湿地:季节性泛滥的农用地,包括集约管理或放牧的草地	9	运河、排水渠:输水渠系
5	盐田:晒盐池、采盐场等	Zk(c)	地下输水系统:人工管护的岩溶洞穴水系等

据湿地公约统计,全球重要湿地约有 130 个,面积约为 $9130 \times 10^4 hm^2$,占地球陆地面积的 6%,其中湖泊占 2%,藓类沼泽占 30%,草本沼泽占 26%,森林沼泽占 20%,洪泛平原占 15%。世界红树林的面积约 $24 \times 10^4 km^2$,珊瑚礁约 $60 \times 10^4 km^2$。

二、湿地的效益

湿地与森林、海洋并称为全球三大生态系统,与人类息息相关,是人类拥有的宝贵资源。它既是陆地上的天然蓄水库,又是众多野生动植物资源,特别是珍稀水禽的繁殖和越冬地,它可以给人类提供水和食物。因此湿地被称为"生命的摇篮"、"地球之肾"和"鸟类的乐园"。湿地的效益主要体现在生态、经济和社会效益三方面。

(一) 湿地的生态效益

(1) 维持生物多样性和野生动物的栖息地　湿地是生物多样性丰富的重要地区和鸟类、鱼类、两栖动物的繁殖、栖息、迁徙、越冬的场所,其中有许多是珍稀濒危物种。在 40 多种国家一级保护的鸟类中,约有 1/2 生活在湿地中。

(2) 调节流量,控制洪水　湿地是一个巨大的蓄水库,可以在暴雨和河流涨水期储存过量的降水,均匀地把径流放出,减弱危害下游的洪水,因此保护湿地就是保护天然储水系统。

(3) 保护堤岸,防风　湿地中生长着多种多样的植物,这些湿地植被可以抵御海浪、台风和风暴的冲击力,防止对海岸的侵蚀,同时它们的根系可以固定、稳定堤岸和海岸,保护沿海工农业生产。

(4) 清除和转化毒物和杂质　湿地有助于减缓水流的速度,当含有毒物质和杂质(农药、生活污水和工业排放物)的流水经过湿地时,流速减慢,有利于毒物和杂质的沉淀和排除。此外,一些湿地植物(如芦苇、水湖莲)能有效地吸收有毒物质。在现实生活中,不少湿地可用做小型生活污水处理地,利用的正是湿地的这一功能。

(5) 保留营养物质　流水流经湿地时,其中所含的营养成分被湿地植被吸收,或者积累在湿地泥层之中,养育了鱼虾、树林、野生动物和湿地农作物。

(6) 防止盐水入侵　沼泽、河流、小溪等湿地向外流出的淡水限制了海水的回灌,沿岸植被也有助于防止潮水流入河流。

(7) 保持小气候　湿地可以影响小气候。湿地水分通过蒸发成为水蒸气,然后又以降水的形式降到周围地区,保持当地的湿度和降雨量,影响当地人民的生活和工农业生产。

（二）湿地的经济效益

（1）提供丰富的动植物产品 水稻、鱼类是众所周知的湿地产品。另外还有藕、菱、芡、茨菰、虾、贝、藻类等是富有营养的副食品；有些湿地动植物还可入药；有许多动植物还是发展轻工业的重要原材料，如芦苇就是重要造纸原料。

（2）提供水资源 水是人类不可缺少的生态要素，湿地是人类发展工农业生产用水和城市生活用水的主要来源。众多的沼泽、河流、湖泊和水库在输水、储水和供水方面发挥着巨大效益。

（3）提供矿物资源 湿地中有各种矿砂和盐类资源。我国青藏、蒙新地区的碱水湖和盐湖中，不仅蕴藏有大量的食盐、芒硝、天然碱、石膏等普通盐类，而且还富集着硼、锂等多种稀有元素。我国的重要油田大都分布在湿地区域。

（4）航运 湿地的开阔水域为航运提供了条件，具有重要的航运价值，沿海沿江地区经济的迅速发展主要依赖于此。

（三）湿地的社会效益

（1）观光与旅游休闲 湿地具有自然观光、旅游、娱乐等美学方面的功能，蕴含着丰富秀丽的自然风光，成为人们观光旅游的好地方。

（2）教育和科研价值 复杂的湿地生态系统、丰富的动植物群落、珍贵的濒危物种等，在自然科学教育和研究中都具有十分重要的作用。有些湿地还保留了具有宝贵历史价值的文化遗址，是历史文化研究的重要场所。

三、中国湿地现状

（一）面积

中国湿地面积约 $6594 \times 10^4 \, \mathrm{hm}^2$ （其中还不包括江河、池塘等），占世界湿地的 10%，位居亚洲第一位，世界第四位。其中天然湿地约为 $2594 \times 10^4 \, \mathrm{hm}^2$，包括沼泽约 $1197 \times 10^4 \, \mathrm{hm}^2$，天然湖泊约 $910 \times 10^4 \, \mathrm{hm}^2$，潮间带滩涂约 $217 \times 10^4 \, \mathrm{hm}^2$，浅海水域 $270 \times 10^4 \, \mathrm{hm}^2$；人工湿地约 $4000 \times 10^4 \, \mathrm{hm}^2$，包括水库水面约 $200 \times 10^4 \, \mathrm{hm}^2$，稻田约 $3800 \times 10^4 \, \mathrm{hm}^2$。

（二）中国湿地类型与分布

中国湿地类型多，按照湿地公约对湿地类型的划分，31 类天然湿地和 9 类人工湿地在中国均有分布。中国湿地的主要类型包括沼泽湿地、湖泊湿地、河流湿地、河口湿地、海岸滩涂、浅海水域、水库、池塘、稻田等自然湿地和人工湿地。

在中国境内，从寒温带到热带、从沿海到内陆、从平原到高原山区都有湿地分布，而且还表现为一个地区内有多种湿地类型和一种湿地类型分布于多个地区的特点，构成了丰富多样的组合类型。

中国东部地区河流湿地多，东北部地区沼泽湿地多，而西部干旱地区湿地明显偏少；长江中下游地区和青藏高原湖泊湿地多，青藏高原和西北部干旱地区又多为咸水湖和盐湖；海南岛到福建北部的沿海地区分布着独特的红树林及亚热带及热带地区人工湿地。青藏高原具有世界海拔最高的大面积高原沼泽和湖群，形成了独特的生态环境。

中国的湿地生境类型众多，其间生长着多种多样的生物物种，不仅物种数量多，而且有很多是中国特有物种。据初步统计，中国湿地植被约有 101 科，其中维管束植物约有 94 科，中国湿地的高等植物中属濒危种类的有 100 多种。中国海岸带湿地生物种类约有 8200 种，其中植物 5000 种，动物 3200 种。中国的内陆湿地高等植物约 1548 种、高等动物 1500 多种。中国有淡水鱼类 770 多种或亚种，其中包括许多洄游鱼类，它们借助湿地系统提供的特殊环境产卵繁殖。中国湿地的鸟类种类繁多，在亚洲 57 种濒危鸟类中，中国湿地内就有 31 种，占 54%；全世界雁鸭类有 166 种，中国湿地就有 50 种，占 30%；全世界鹤类有 15 种，中国仅记录到的就有 9 种；此外，还有许多是属于跨国迁徙的鸟类。在中国湿地中，有的是世界某些鸟类唯一的越冬地或迁徙的必经之地，如在鄱阳湖越冬的白鹤（*grus leucogeranus*）占世界总数的 95% 以上。

（三）中国湿地退化

在整个世界范畴，湿地经历着退化、丧失和恢复的过程。据文献材料，美国的湿地丧失了 54%，法国丧失 67%，德国丧失 57%。

我国的湿地资源也遭受了较大的破坏，处于严重的威胁之中。目前，我国湿地资源保护面临的如下六大威胁。

① 湿地盲目开垦和改造。从 20 世纪 50 年代以来，全国湿地开垦面积达 $1000 \times 10^4 \, hm^2$，现存天然湿地仅占国土面积的 3.77%，大大低于全球湿地占陆地面积 6% 的水平。我国现有天然湿地的 30% 仍面临着被开垦和改造的威胁。

② 湿地污染加剧。工业废水、生活污水排放等不仅使湿地水质恶化，而且对湿地生物多样性造成严重危害，有 26% 的天然湿地面临着环境污染的威胁。

③ 湿地水资源不合理利用，一些地方忽视了湿地的生态环境用水。

④ 泥沙淤积日益严重。由于大江大河上游的森林砍伐影响了流域生态平衡，使河流中的泥沙含量增大，造成河床、湖底、水库淤积。

⑤ 湿地保护资金严重不足。截至目前，我国湿地保护总投入为 1.9 亿元，新中国成立以来，平均每公顷投入不足 5.0 元，抢救性保护、示范工程的数量和规模不得不压缩。有些地方级湿地保护区没有纳入同级财政预算，制约着保护管理工作的开展。

⑥ 对湿地保护认识还要加强，法律法规还要完善。

（四）中国湿地保护

近年来，我国编制了有关湿地的《全国野生动物及其栖息地保护总体规划》，颁布实施了《中国湿地保护行动计划》，由国务院 10 个部门共同编制的《全国湿地保护工程规划》（以下简称《规划》）已于 2004 年 2 月 2 日开始施行。《规划》将全国湿地按地域划分为 8 个湿地保护类型区域，即东北湿地区、黄河中下游湿地区、长江中下游湿地区、滨海湿地区、东南华南湿地区、云贵高原湿地区、西北干旱湿地区以及青藏高寒湿地区。根据因地制宜、分区施策的原则，充分考虑各区主要特点和湿地保护面临的主要问题，在总体布局的基础上，对不同的湿地区设置了不同的建设重点。同时，依据生态效益优先、保护与利用结合、全面规划、因地制宜等建设原则，《规划》安排了湿地保护、湿地恢复、可持续利用示范、社区建设和能力建设等 5 个方面的重点建设工程。

按照《规划》，到 2030 年，我国将完成湿地生态治理恢复 $140 \times 10^4 \, hm^2$，建成 53 个国家湿地保护与合理利用示范区，全国湿地保护区达到713个，国际重要湿地达到80个，90%以上的天然湿地得到有效保护。

目前，我国已建立国家湿地公园18处，面积$27\times10^4 hm^2$；建立470多处湿地自然保护区，其中国际重要湿地36处，使170多万公顷、47%的自然湿地得到有效保护。

第三节　黄河三角洲国家级自然保护区实地考察

教学目标：(1) 了解自然保护区类型、结构、功能及中国自然保护区概况；(2) 了解湿地类型、效益及中国湿地现状；(3) 了解黄河三角洲国家级自然保护区类型、面积、功能区划分及湿地保护与管理现状。

教学内容：(1) 保护区管理局专家讲座——"黄河三角洲国家级自然保护区湿地保护与管理"；(2) 黄河口湿地博物馆参观；(3) 黄河三角洲国家级自然保护区实地考察。

教学认识：(1) 保护区的类型，核心区、缓冲区和实验区的划分；(2) 认识保护区典型的湿地景观、主要的动植物类型，属于国家一、二级重点保护的动植物有哪些，黄河口湿地生物多样性主要体现在哪些方面；(3) 保护区湿地退化的现状、原因及保护措施；(4) 思考"如何正确处理油田开发与自然保护区保护的关系"。

教学要求：(1) 预习本章关于自然保护区和湿地的基本知识（第一节、第二节内容）；(2) 认真做好野外记录。

路线9-1. **黄河口湿地博物馆**

黄河口湿地博物馆隶属于山东黄河三角洲国家级自然保护区管理局，占地面积$7872m^2$，建筑面积$3791m^2$，是东营市唯一市级综合性自然博物馆。

博物馆包括展示功能区、收藏研究功能区、服务管理功能区和游览观赏功能区共四大功能区，具有收藏、展示、教育、科研多种社会功能，曾先后被授予"山东省科普教育基地"、"东营市爱国教育基地"、"东营市青少年课外活动场所"。

博物馆分序厅、展厅（生态厅、生物多样性厅和地质厅）和电教厅。

(1) 序厅　面积$700m^2$，主要设置有展示自然保护区的大型沙盘。沙盘采用传统的制作工艺，结合计算机多媒体技术，自动控制灯光显示，实现声光电一体化，具有自动演播信息功能，逼真地显示自然保护区的地形地貌特征、功能区划、动植物分布、生态旅游景点以及远景规划。

(2) 生态厅　面积$180m^2$，以"神奇的湿地"为展览主题，系统地介绍了湿地的概念、类型、功能及保护湿地的重要意义。该展厅选取了黄河三角洲自然保护区内有代表性的湿地景观，用大型开放式的仿真展示手法，突出展示了保护湿地的重要性以及湿地在生态系统中不可替代的重要作用。

(3) 生物多样性厅　面积$380m^2$，该厅通过丰富多彩的动植物标本展示，详细介绍了生物多样性方面的知识，着重反映了黄河口新生湿地生物多样性特色。按照现代布展理念，陈列了动植物标本八大类、956 种、2127 件，其中，国家一、二级 35 种、38 件。鸟类标本有丹顶鹤、白枕鹤、灰鹤、大鸨、大天鹅、绿孔雀、金雕、鸳鸯等 191 种、270 件，其中国家一、二级 27 种、33 件。昆虫标本有国际濒危物种金凤蝶、天蓝闪蝶、翠叶凤蝶、爱神凤蝶、天堂凤蝶等 300 余种名贵蝴蝶标本和皇蛾、太阳蛾、捕鸟蛛、泰国蝎子等，共计 320 种、1050 件。兽类、两栖、爬行类标本有赤狐、银狐、狗獾、江豚、斑海豹等 12 种、12 件，其中国家一、二级 5 种、5 件。植物标本有野大豆、益母草、中华补血草等 198 种野生植物标本。海洋生物标本有生物活化石——鹦鹉螺、蜘蛛贝、水字贝、唐冠螺以及史前先人的货币——货贝等 190 种、300 件。陈列了蝴蝶鱼、鲨鱼、中华鲟以及黄河三角洲分布的鱼类共 47 种、165 件。

（4）地质厅　面积 180m²，详细介绍了黄河三角洲的历史变迁、地形地貌及形成过程。

（5）电教厅　面积 266m²，是进行学术交流、科普教育的场所，配置有投影仪、大屏幕、音像等多媒体设备，座排阶梯形设计，可容纳 240 人。

路线 9-2.　黄河三角洲国家级自然保护区

1. 保护区概况

（1）建立时间　为了加强黄河三角洲湿地的保护，东营市人民政府于 1990 年 12 月批准建立了黄河三角洲市级自然保护区，于 1991 年 11 月被山东省人民政府批准为省级自然保护区，于 1992 年 10 月被国务院批准为国家级自然保护区。

（2）位置、类型及面积　保护区位于东营市东北部渤海之滨的黄河入海口处，地理坐标为东经 118°33′～119°20′，北纬 37°35′～38°12′，是以保护黄河口新生湿地生态系统和珍稀濒危鸟类为主体的湿地类型自然保护区。总面积 15.3×10⁴hm²，其中，核心区 5.8×10⁴hm²，缓冲区 1.3×10⁴hm²，实验区 8.2×10⁴hm²。

保护区管理局设办公室、资源管理科、项目规划科、执法监察科和科研站等 9 个科室。下设一千二、黄河口和大汶流三个管理站，三个管理站管辖区面积分别为 4.85×10⁴hm²、4.25×10⁴hm² 和 6.25×10⁴hm²。黄河三角洲自然保护区位置及功能区划见图 6-1。

黄河三角洲自然保护区丰富的湿地资源和生物多样性，被确定为国家重要湿地，在中国生物多样性保护行动计划中，列入了中国湿地生态系统具有国际保护意义的重要保护地点。

（3）保护区的自然资源

① 土地资源　保护区的土地资源是黄河近百年来携带大量泥沙填充渤海凹陷成陆的海相沉积平原，地势平坦宽广，东西比降 1:10000 左右，土壤为隐域性潮土和盐土土类。

② 植物资源　自然保护区内，植被覆盖率高达 53.7%，形成了我国沿海最大的海滩植被。据自然保护区综合科学考察认定，区内各类植物 393 种，野生植物 193 种。属国家二级重点保护植物的野生大豆在自然保护区内有较广分布，野生大豆有 1000hm²，天然柽柳灌木林 1.4×10⁴hm²，人工刺槐林 5603hm²，与自然保护区周边地区的人工刺槐林连接成一片，面积达 11300hm²，是我国东部沿海最大的自然植被区。

③ 动物资源　保护区野生动物 1542 种，其中陆生脊椎动物 318 种，陆生无脊椎动物 583 种，保护区陆生性水生动物 223 种，海洋性水生动物 418 种。

保护区鸟类资源丰富，珍稀濒危鸟类众多。保护区内共有鸟类 296 种，其中属国家一级

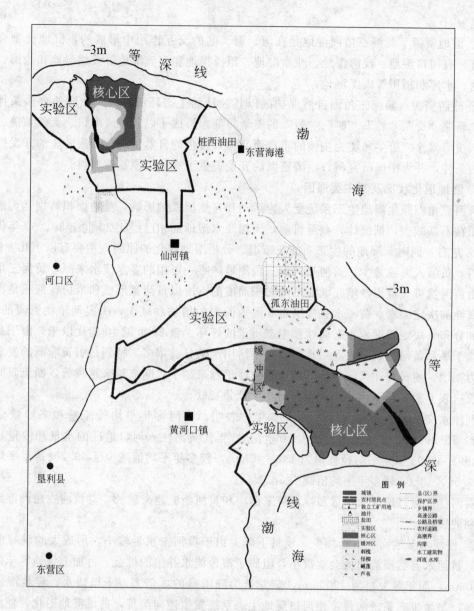

图 6-1 黄河三角洲自然保护区位置及功能区划图

重点保护鸟类有丹顶鹤、东方白鹳、中华秋沙鸭、白尾海雕、金雕、白头鹤、大鸨等 10 种，属国家二级重点保护的鸟类有大天鹅、小天鹅、疣鼻天鹅、灰鹤、白枕鹤、蓑羽鹤、白琵鹭、黑脸琵鹭等 49 种。保护区是东北亚鹤类的重要迁徙停歇地和越冬栖息地。我国和亚洲有 9 种鹤，该保护区就有 7 种，其中丹顶鹤在此越冬，是我国丹顶鹤越冬的最北界。保护区还是东亚至澳洲鸟类迁徙最重要的停歇地，每年途经保护区的鸻鹬类水鸟达 110 余万只，其中超过迁徙路线上同一种鸟类总量 1% 的就有 19 种，已远远超过列入国际重要湿地名录的标准。保护区是世界珍稀濒危鸟类黑嘴鸥的重要繁殖地，是东方白鹳新的繁殖地和重要迁徙停歇地，是黑鹳的迁徙停歇地。1993 年加入"中国人与生物圈保护区网络"，成为首批 45 个成员单位之一；1996 年被湿地国际亚太组织批准成为"东亚-澳洲涉禽保护区网络"首批 19 个国际成员单位之一，1997 年被批准成为"东北亚鹤类保护区网络"首批 16 个国际成员单位之一。

④ 湿地资源 黄河三角洲湿地是在河、海、陆的交互作用中形成的,湿地类型多,资源丰富,有河口湿地、浅海湿地、滩涂湿地、沼泽湿地和河流湿地等天然湿地和盐田、鱼虾养殖塘、水库和稻田等人工湿地。

⑤ 旅游资源 黄河三角洲自然保护区以其独特的生态环境、得天独厚的自然条件,造就了"新"、"奇"、"特"、"旷"、"野"的美学特征,形成了以黄河入海口、天然苇荡、沼泽湿地、浅海滩涂、野生鸟类为主体的丰富而又独具特色的自然景观,为旅游业的开发提供了良好的条件,并为中国研究河口旅游资源的开发提供了充分、原始的材料。

2. 湿地退化状况及其主要原因

黄河三角洲原生湿地生态系统受人为活动和自然因素的影响,湿地面积特别是天然湿地的面积在不断减少,据统计,截至目前,天然淡水湿地面积已经比20世纪50、60年代减少了50%左右,同时,湿地的生态功能在减退。分析湿地退化的原因,主要有以下几方面。

(1)黄河入海流量少 黄河是黄河三角洲地区唯一可用的客水淡水来源,黄河三角洲湿地是由黄河携带大量泥沙填充渤海凹陷淤积而成的,所以黄河是形成和维护黄河三角洲湿地基本属性的决定因素。黄河水直接决定着湿地面积的增加和减少,决定动植物资源的种类、数量和分布,决定着湿地生态属性和生态质量的好坏。自20世纪70年代以来,由于黄河流域持续干旱和黄河流域工农业用水与居民生活用水的日益增多,特别是引黄灌溉的发展,引水能力剧增,使黄河注入河口地区的水量和沙量越来越小,断流越来越频繁,断流时间也越来越长(表5-2),给黄河三角洲湿地带来了严重威胁。

利津水文站统计资料(1951~1999年)表明,黄河多年平均径流量和来沙量分别为$327.4 \times 10^8 m^3$ 和 $8.27 \times 10^8 t$。进入20世纪90年代黄河注入河口地区的水量和沙量越来越小。1991~2003年年平均径流量为$132 \times 10^8 m^3$,较多年平均值减少了59.2%;年平均输沙量为$3.56 \times 10^8 t$,较多年平均值减少56.1%。

黄河注入河口地区的水量和沙量越来越小和黄河断流越来越长,对黄河三角洲湿地造成了不利的影响。

① 使淡水湿地面积不断减少,质量下降。由于黄河来水量较小,形成大的洪峰的机会较小,黄河水自然漫流的机会就很小,阻碍了湿地淡水补给的机会。再加上该地区年降雨量为590mm,而年蒸发量为1900mm,蒸发量为降雨量的3倍多。干旱缺水,导致湿地系统向中生、旱生生态系统演替,使河口湿地生态系统发生逆向演替,造成湿地退化,使淡水湿地面积不断减少,湿地质量下降,其系统稳定性、生物多样性也随之受到严重威胁。

② 使三角洲的稳定性受到严重威胁。由于黄河断流,输沙输水量减少,泥沙淤积速度降低,蚀退加剧,使三角洲的稳定发育受到影响,湿地一旦退化,不仅影响生物多样性和陆地与海洋生态系统的生产力,更严重的是将导致三角洲湿地生态系统萎缩,湿地不断消失,最终会威胁三角洲的稳定甚至存亡。

③ 使生物多样性减少,野生动物栖息环境受到威胁。湿地不断退化,沦为重盐碱荒地和光板地。随着土壤的次生盐渍化,植物群落不断向盐生灌丛、一年生盐生草本植物群落、盐碱荒地和光板地方向演替,演替的结果是群落的物种组成减少、结构单调、系统功能降低,因而进一步恶化了野生动物尤其是鸟类的栖息场所,导致一些动物种类和数量的减少。如自然保护区北部的老黄河入海口,过去叫"飞雁滩",曾是鹤类、雁鸭类、鹬类、鸥类的重要的栖息地,但因湿地退化,这里已很少见到鸟类。

（2）海水入侵和风暴潮灾害　黄河三角洲地处渤海湾南岸、莱州湾西岸，沿岸极易发生风暴潮。由于黄河三角洲沿海地区地势平坦，3m 以上的风暴潮侵入陆地可达数十公里，风暴潮发生时，沿岸土地被淹，草场、农田被毁，土地盐渍化程度加重，同时风暴潮还极大地影响海岸侵蚀，并使湿地遭到破坏。

（3）黄河河口治理工程　河口稳全局稳，黄河河口治理对稳定黄河入海流路和黄河防洪，保障区域经济和社会稳定发展，发挥了重要作用。但由于黄河治理工程，使河流渠道化现象非常明显。一是人工导流堤使河口地区河道基本固定；二是黄河尾闾不断摆动的河流末端下移，而且人为控制摆动。河流渠道化失去了河流应有的功能，造成河口三角洲湿地萎缩。

（4）湿地资源盲目开发　农业和滩涂开发对湿地形成了威胁。由于开垦及不合理的农业耕作措施，农耕地生态系统中的局部地段已发生次生盐渍化，加上游垦及游牧，导致大片的新淤地沦为重盐碱荒地或光板地，严重阻碍了新淤地生态系统的演替。特别是近年来沿海滩涂养殖业的迅猛发展，如养虾、养卤虫等，对原有的滩涂湿地造成了破坏。导致湿地面积萎缩、质量下降，植被和草场严重退化，土壤次生盐渍化加剧，生物多样性减少，湿地生态系统和自然景观遭受严重破坏。

（5）油田勘探开发　黄河三角洲蕴藏着丰富的地下油、气资源，是胜利油田的主要勘探开发区。油田开发不仅对国家经济发展做出了重要贡献，而且对地方的发展也发挥了决定性的作用。但随着油田的大规模开发，形成了星罗棋布的油井和油田设施，保护油田的围堤、伸向浅海滩涂的堤坝等全新的人工景观不断增多，改变了滨海湿地的自然面貌，原有的湿地生态系统发生了重大变化，对湿地造成了破坏。

3. 湿地恢复工程

（1）工程概况　为了恢复被破坏的湿地生态群落，扩大和恢复湿地资源，提高湿地质量，改善湿地生态功能，保护生物多样性，在科学规划论证的基础上，由国家林业局批准立项，于 2002 年开始实施了湿地恢复工程。

一期工程位于现行黄河入海口两侧，该区域是黄河 1976 年改道从现流路入海新形成的湿地，由于受河口治理、黄河水量小和海水倒灌的影响，湿地退化严重，天然柽柳林、天然柳林、芦苇等植被已基本退化，近 70% 的区域退化成光板裸地，生态严重退化。该工程从 2002 年 10 月开始实施，至 2004 年 7 月结束，完成湿地恢复总面积 4800hm²，其中大汶流区域 3740hm²，黄河口区域 1060hm²。总投资 344.8 万元，其中国家投资 278 万元。

一期工程取得了显著成效，得到了有关领导和国内外专家学者的高度评价，中央电视台新闻联播等新闻媒体进行了宣传报道。一期工程的实施成功，得到了东营市政府对湿地恢复工作的重视，2005 年决定投资建设湿地恢复二期工程，总面积 6700hm²，并将 10 万亩湿地恢复工程列入了 2005 年度农水会战的十二项重点工程之一和 2006 年度东营市十大重点工程之一。目前湿地恢复二期工程已基本完成。

（2）湿地恢复工程措施

① 修筑围堤和隔坝　湿地恢复区域易受潮汐和风暴潮的侵蚀，为减缓潮汐的影响，遏制海岸的后退速度，有效抵御风暴潮的侵袭，分别在两个区域的沿海岸线方向修筑防潮围堤。据测定，黄河口、大汶流区域平均高潮位一般在 2.7～2.9m 之间。经实地勘察，确定湿地恢复区防潮坝修筑在 3.5m 高程线附近，防潮围堤长 23km、顶宽 12m、底宽 26m、高 2～3m，其中黄河口区域 9.2km，大汶流区域 13.8km。在湿地恢复区内根据地形状况和划

定的生态恢复区域修筑隔坝，共修筑隔坝 46km。从黄河修筑引水渠 21.3km，修建扬水站 2 个，泄水闸 2 个，隔坝连同闸 9 个，修筑桥（管）涵 20 个。

② 生态补水 根据湿地恢复区域过去和现在动植物分布状况，划分优势生态群落恢复小区作为恢复的主要目标。共划分为天然柽柳林恢复区、天然柳林恢复区、芦苇沼泽恢复区、香蒲沼泽恢复区、獐茅白茅恢复区、盐地碱蓬恢复区和鸟类栖息地恢复区。采用水利工程的"引、输、蓄"方式，在雨季蓄积雨水，在黄河丰水期引蓄黄河水，使湿地淡水得到有效的补给，减缓土壤盐渍化程度，恢复自然植被，并形成一定面积的水面，为鸟类的取食和栖息提供良好场所。

确定湿地恢复工程适宜的水量，必须分析湿地生物和水量的相关性。湿地生态需水量是湿地维持生态系统生物多样性和自身生态特征所需要的水量。湿地生物需水包括生理需水和生活需水两部分，其中蒸腾耗水和土壤蒸发是最主要的耗水项目，占蓄水量的 99%。本次试验主要针对试验区 6 种优势植物种群进行生态需水量计算。表 6-9 是试验区各主要植被类型面积和对水深的需求。

表 6-9 主要优势生态群落恢复小区面积和适宜水深

植被类型	芦苇	柽柳	柳林	香蒲	盐地碱蓬	獐茅白茅	鸟类栖息
面积/hm²	2620	340	450	330	160	190	710
适宜水深/cm	0~50	0~5	0~30	10~50	0~10	0~10	10~100

湿地需水量是湿地植物和湿地土壤需水之和。湿地生态需水量计算见表 6-10。

表 6-10 湿地生态需水量计算表

需水量类型	采用公式	解 释 说 明
湿地植物需水	$dW_p/dt = A(t)ET_m(t)$	dW_p 为植物需水量，$A(t)$ 为植被面积，ET_m 为蒸发热量，t 为时间
湿地土壤需水	$Qt = aH_tA_t$	Q_t 为土壤需水量，a 为湿地饱和持水量百分比，H_t 为土壤厚度，A_t 为湿地土壤面积

据测算，恢复区每年需引水 $1440 \times 10^4 m^3$。湿地恢复从 2003 年 5 月开始引水，当年机械引水 $800 \times 10^4 m^3$，利用黄河丰水期通过引水渠自流引水 $3000 \times 10^4 m^3$，恢复区内进行了两次换水。实际每年引水 $(1500 \sim 2000) \times 10^4 m^3$。引水时间应在 3~5 月春季生物生长季节，但该季节正是黄河枯水期，我们一是利用黄河丰水期进行引蓄黄河水，二是利用冬季 12~2 月引黄河水，进行湿地补水，确保春季动植物生长发育的需水需要。

③ 保护管理措施 对湿地恢复区特别是天然柳林恢复区和天然柽柳林恢复区实行封育管理。

对恢复区内的生产开发活动实行严格的管理。禁止在恢复区内进行农业、渔业开发和捕捞、放牧等生产活动；油田开发生产应采取划定区域、限定生产等措施，最大程度地减少油井、道路和其他生产设施使景观破碎化给湿地带来的负面影响；合理控制油井密度，对新探油井，采取丛式井、打深斜井等新技术，尽量减少对湿地的破坏；加强对油田作业的监督检查，确保各项环保措施的落实，防止对湿地造成污染。

发展以芦苇沼泽为主的生境调整重建工程，搞好湿地土壤改良及植被恢复。

（3）湿地恢复效果 通过对遭到不同程度破坏的湿地生态系统进行恢复、修复和重建，取得了显著的成效，淡水湿地面积明显增大，湿地功能得到较好的恢复，生态得到显著的改善和提高。表 6-11 是湿地恢复前后湿地生态相关因子对比结果。

表 6-11　湿地恢复前后湿地生态相关因子对比表

时间和地点		土壤含盐量/%	土壤有机质含量/%	植物种类/生物量/(g/m²)	植被覆盖度/%	底栖动物密度/生物量/(个或 g/m²)	鸟类种类/密度/(只/hm²)
恢复前	黄河口	1.65	1.25	63/44.4	23.4	85/20.3	89/3.2
	大汶流	1.26	1.56	89/81.9	31.6	127/26.6	118/1.6
恢复后	黄河口	0.41	4.32	154/824	82.6	202/43.4	253/19
	大汶流	0.27	4.28	167/830	94.1	260/57.1	265/28

由表 6-11 可知：

① 植物种类和生物量明显增多，植被覆盖率显著提高。黄河口湿地恢复区植被覆盖率由恢复前的 23.4% 提高到 82.6%，大汶流湿地恢复区植被覆盖率由恢复前的 31.6% 提高到 94.1%。

② 土壤含盐量明显降低，有机质含量得到提高。

③ 鸟类栖息环境明显改善，种类和数量明显增多。已成为丹顶鹤、白鹤、白枕鹤、黑鹳、大天鹅、疣鼻天鹅、黑脸琵鹭、卷羽鹈鹕等珍稀濒危鸟类的重要栖息地。其中在恢复区内发现的白鹤、黑鹳、疣鼻天鹅、黑脸琵鹭、卷羽鹈鹕等 15 种鸟类是自然保护区近年来新增加的鸟类。东方白鹳从 2005 年开始在湿地恢复区内筑巢繁殖，到 2006 年繁殖种群数量达 60 余只，筑巢 11 个，其中成功繁殖的有 7 对，繁殖幼鸟 22 只，该鸟由冬候鸟成为留鸟，成为我国东方白鹳新的繁殖地。

4. 油田开发与保护区保护

黄河三角洲有着丰富的石油资源，在过去 40 多年中，胜利油田的开发极大地缓解了中国的石油供应紧张局面，也促进了当地经济的发展。自东营建市 20 多年来，油田累计投资 50 多亿元建成了交通、水利、电力、通信等骨干公路、大型水库与配套工程等基础设施，对黄河三角洲地区经济发展发挥了重要作用。但同时，油田开发也对当地环境带来了多方面的影响。为了减少油田开发对生态系统的负面影响，油田在生产建设过程中，从设计、地面设施建造、井场道路修建到开采作业等各个环节，都更加注重采用环保措施和技术，减少对地下地层的破坏和地下水源的污染，如采取各种措施防止水漏、井喷等事故发生；在对钻井泥浆、废油、废弃井的管理和地层盐水的处理和再利用上避免污染；采用噪声低、占地面积小的螺杆泵抽油机逐步替代传统的"磕头机"；开发管道泄漏监测技术，防止油气在长途运输过程中外泄；加大对环境保护技术和工艺的科研投入力度，不断提高新技术在环保过程中的应用程度等。油田在保护区的增储上产，不仅促进了油田经济的持续稳定发展，也对地方经济建设和财政收入增长做出了贡献。

第七章

实习报告的编写

实习报告是对实习中见到的各种现象加以综合、分析和概括，用简练流畅的文字表达出来。编写实习报告是对实习内容的系统化、巩固和提高的过程。

第一节　实习报告的编写要求

一、实习报告的构成

实习报告由前置部分、主体部分、附录部分、结尾部分及下属若干项目组成（图 7-1）。

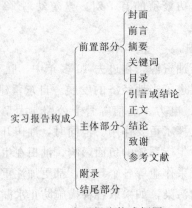

图 7-1　实习报告构成框图

二、实习报告的编写要求

编写实习报告的基本要求如下：

① 实习报告要求以实地考察所获素材为依据进行撰写，报告要有鲜明的主题，确切的依据，严密的逻辑性。

② 报告必须是通过自己的组织加工写出来的，切勿照抄书本。

③ 报告应重点突出，图文并茂，字数以 8000～10000 字为宜，最好附相应的图件。

④ 报告宜用 A4 标准大小的白纸，应便于阅读和复制。

⑤ 报告在书写、打字或印刷时，要求纸的四周留足空白边缘，以便装订、复制和教师批注。每一面的上方（天头）和左侧（订口）应分别留边 25mm 以上，下方（地脚）和右侧（切口）应分别留边 20mm 以上。

第二节　实习报告的编写规范

一、前置部分

1. 封面

封面是报告的外表面，提供应有的信息，并起保护作用。封面上可包括下列内容：

① 题名，用大号字标注于明显位置。

② 报告者姓名、班级、学号、指导教师及完成日期。

2. 前言

前言应简要地说明实习的性质、时间和地点，实习的目的、意义与内容，实习的日程安排及各阶段的主要内容，实习报告的结构及内容。

3. 摘要

摘要又称概要或内容提要，是实习报告基本内容的浓缩，是对报告内容准确概括而不加注释或者评论的简短陈述，应反映报告的主要信息。摘要应具有独立性和自含性，即不阅读报告、论文的全文，就能获得必要的信息。摘要中有数据、有结论，是一篇完整的短文，可以独立使用，可以引用。摘要总的要求是简短、精辟、完整，忠于全文。篇幅以 300 字左右为宜，可以用另页置于题名页之后。摘要一般要译成外文，一般为 250 个实词，置于中文摘要之后。

4. 关键词

关键词是从报告中选取出来的在报告中起关键作用、最能说明问题、代表报告主题内容的单词或术语。关键词是最具有实质意义的检索语言，供电子计算机进行情报信息检索之用，常用的有名词、动词、形容词、术语或词组，一般为 3～8 个。关键词以显著的字符另起一行，排在摘要的左下方，它不考虑语法上的结构，也不一定表达一个完整的意思，仅仅将几个关键词简单地排列在一起。每个关键词之间用逗号或者分号隔开。

5. 目录

目录主要展示报告的各章、节的基本内容，与全文的纲目相一致。目录由报告的篇、章、节、附录等的序号、名称和页码组成，读者看了目录之后，对报告的框架和基本内容就有了一个大概的了解，从而便于有选择地先阅读全文的某一章节。目录另页排在前言之后。

二、主体部分

主体部分一般由引言（或绪论）、正文、结论（或讨论）、致谢和参考文献组成。主体部分必须由另页右页开始。每一章必须另面起。全部报告的每一章节等的格式和版面安排，要求统一，层次清楚。本实习报告不要求写引言（或绪论）部分。

（一）正文

正文是实习报告的核心部分，占报告的主要篇幅。在正文里，作者要充分地对实习内容和获得的认识作详细的表述，贴切地阐明自己的思想、观点和见解。内容应包括问题的提出、调查研究对象，基本概念和理论基础，考察或调研的方法、数据资料、经过加工整理的图表、形成的论点和导出的结论等。

正文要求必须实事求是，客观真切，准确完备，合乎逻辑，层次分明，简练可读。对有关方面要求如下。

1. 图

图包括曲线图、示意图、框图、流程图、地图、照片、图版等。图应具有"自明性"，即只看图、图题和图例，不阅读正文，就可理解图意。

图的序号一律用阿拉伯数字分别依序连续编排。序号可以就全篇报告统一按出现先后顺序编码，也可以分章依序编码。其标注形式应便于互相区别，可以分别为图1、图2-1等。

每一图应有简短确切的题名，连同图号置于图下。必要时，应将图上的符号、标记、代码等，用最简练的文字，横排于图题下方，作为图例说明。

曲线图的纵横坐标必须标注"量、标准规定符号、单位"。此三者只有在不必要标明（如无量纲等）的情况下方可省略。坐标上标注的量的符号和缩略词必须与正文中一致。

照片图要求主题和主要显示部分的轮廓鲜明，便于制版。如用放大缩小的复制品，必须清晰，反差适中。照片上应该有表示目的物尺寸的标度。

2. 表

表的编排，一般是内容和项目由左至右横读，数据依序竖排。表应有自明性。

表的序号编排与图的序号编排一样。如表2、表3-2等。

每一表应有简短确切的题名，连同表号置于表上。必要时，应将表中的符号、标记、代码以及需要说明事项，以最简练的文字，横排于表题下，作为表注，也可以附注于表下。表内附注的序号宜用小号阿拉伯数字并加圆括号置于被标注对象的右上角。

表的各栏均应标明"量或测试项目、标准规定符号、单位"。只有在无必要标注的情况下方可省略。表中的缩略词和符号，必须与正文中一致。

表内同一栏的数字必须上下对齐。表内不宜用"同上"、"同左"、"〃"和类似词，一律填入具体数字或文字。表内"空白"代表未测或无此项，"—"或"…"（因"—"可能与代表阴性反应相混）代表未发现，"0"代表实测结果确为零。

3. 公式

实习报告中重要的公式或者后文中需重新提及的公式，一律用阿拉伯数字连续编排序号，序号加圆括号，排在版心右侧。

4. 数字

实习报告中的公历世纪、年代、年、月、日、时刻和各种计数与计量的数字，均用阿拉伯数字。年份不能简写，如1987年不能写成87年。数值的有效数字应全部写出。用数字作为词素构成定性的词、词组、惯用语、缩略语、清朝以前（含清朝）的年、月、日以及近两个数字并列用所表示的概数，均使用汉字数字。表示概数时，数字间不加顿号，如五六吨、十六七岁等。

5. 计量单位

必须采用1984年2月27日国务院发布的《中华人民共和国法定计量单位》，并遵照《中华人民共和国法定计量单位使用方法》执行。使用各种量、单位和符号，必须遵循其附录B"参考标准"所列国家标准的规定执行。单位名称和符号的书写方式一律采用国际通用符号。

（二）结论（或讨论）

结论是实习报告最终的、总体的结论，是报告的精华。写结论要抓住本质，突出重点，集中表述经分析、论证、提炼、归纳后的总观点和最终的结论，不应是正文论证的各分论点的简单重复。

如果报告得不出明确的结论，也可以不写结论而进行讨论，在讨论中提出建议、研究设想及尚待解决的问题等。

在写作格式上，每一项内容可以分条标出序号，也可以每一条单独成段，由一句话或者几句话组成。结论以文字表达为主，但应包括必要的公式和数据。

（三）致谢

致谢是作者对他认为在完成实习报告过程中特别需要感谢的组织或者个人表示谢意的内容。作者应以简洁的文字，对实习和编写报告过程中曾给予指教、帮助、审阅、修改和提供文献资料的老师、部门和有关人员表示谢意，以示尊重他人的劳动和贡献。这并非是完全出于礼貌和客套，而是自尊自重、加强团结协作的表现，也是学者在治学上必须具有的思想作风。

（四）参考文献

为了反映实习报告中有关内容的科学依据和作者尊重他人研究成果的严肃态度，同时向读者提供有关信息的出处，正文之后一般要列出主要参考文献。参考文献应是报告中引用的或参考过的、作者阅读过的、且在公开出版物（书籍、报纸、杂志、专利文献等）上的文献或网上下载的资料。

论文中引用参考文献时，应用方括号把引用文献的序号括起，写在引用处文字的右上角。参考文献的序号左顶格，用阿拉伯数字加方括号表示，如［1］、［2］…其顺序应按报告中引用顺序排列。每一参考文献条目的最后以"."结束。作者姓名写到第三位，余者写"，等"。如下示例。

1. "专著、论文集、学位论文及报告"文献

［序号］主要责任者．文献题名．出版地：出版者，出版年．起止页码．

［1］武强，刘伏昌，李铎．矿山环境研究理论与实践．北京：地质出版社，2001.

2. "期刊"文献

［序号］主要责任者．文献题名．刊名，年，卷（期）：起止页码．

［2］李玉颖，梁红，张东铁，等．钾对大豆产量及品质的影响．土壤肥料，1993，（2）：24-26.

［3］邱任谋．大豆施用钾肥的肥效研究．大豆科学，1984，3（2）：139-145.

3. "报纸"文献

［序号］主要责任者．文献题名．报纸名，出版日期（版次）．

［4］顾永强，唐毓．油泥砂回注地层一举多得．中国石油报，2006-12-12（4245期）（七版）．

4. "电子"文献

［序号］主要责任者．电子文献题名．电子文献的出处或可获得地址，发表或更新日期/

引用日期（任选）

三、附录

附录一般附在参考文献之后，是报告正文的补充项目，并非每篇报告所必需。附录与正文连续编页码。下列内容可以作为附录编于报告后，也可以另编成册。

① 与正文关系密切，但为了不影响报告的整体形或为了压缩正文的篇幅而未收入正文的重要资料；

② 由于篇幅过大或取材于复制品而不便于编入正文的材料；

③ 不便于编入正文的罕见珍贵资料；

④ 对一般读者并非必要阅读，但对本专业同行有参考价值的资料；

⑤ 某些重要的原始数据、数学推导、计算程序、框图、结构图、注释、统计表、计算机打印输出件等。

四、结尾部分

为了将报告迅速存储入电子计算机，可以提供有关的输入数据。

可以编排分类索引、著者索引、关键词索引等。

附录 I　河流水温的监测

水的物理化学性质与水温有密切相关。水中溶解性气体（如氧、二氧化碳等）的溶解度、水中生物和微生物活动、非离子氨、盐度、pH 值以及碳酸钙饱和度等都受水温变化的影响。温度为现场监测项目之一。

一、测量仪器

本次实习使用的测量仪器是 TES-1310 热电偶测温计（图 I-1）。测量范围 $-50\sim$ 300℃，分度为 0.1℃。

二、测量步骤

水温应在采样现场进行测定。

1. 测量前准备

（1）确定电池已安装妥当，若液晶显示屏上显示"BT"，则表示必须更换电池。

（2）确定功能开关都在正确的位置，HOLD 开关置于 OFF 状态，确定液晶显示屏上无 H 的符号。

（3）检查测温棒是否正确地置于温度测试插座，测量棒的正极端必须接于测量插座的正极，负极端接于插座的负极。

图 I-1　TES-1310 热电偶测温计

2. 测量

（1）表面水样的采集，必须将采样器插入水面以下 0.5m 处，避开水表面膜，并带上聚乙烯手套，样品应充满容器。

（2）将功能开关选在℃。

（3）将测量棒插入一定深度的水中，待液晶显示器读数稳定时，即读取温度值。必要时，重复插入水中，再一次读数。

三、注意事项

（1）保护管插入深度为细速热电偶外直径的 15～20 倍长。

（2）测量棒上附着的烟煤灰尘油污将使热电偶的热传导迟钝，形成测量误差，故需定期清除，当细速热电偶的覆盖金属有腐蚀现象时，应适时更换。

（3）当长时间不使用时，请取下电池。

附录Ⅱ　水质指标 pH 监测

一、测量仪器

本次实习使用的测量仪器为 PHBJ-260 型便携式 pH 计（图Ⅱ-1）。该仪器可测量水溶液的 pH、电位 mV 和温度，测量范围分别为 $0.00 \sim 14.00$、$\pm 1800 \text{mV}$ 和 $0 \sim 60℃$。可储存 250 套监测数据。

图Ⅱ-1　PHBJ-260 型便携式 pH 计

二、测量步骤

（一）测量前的准备

1. 仪器连接

安装三复合电极时需先在仪器后侧面板拔去 pH 电极插座的短路插头，然后插入 pH 电极插头，依次装上测量密封套、电缆密封套、顶圈、压帽，至此 pH 接头防水系统安装完成。然后，在仪器后侧面板温度传感器插座插入温度电极插头，然后依次装上测量密封套、电缆密封套、顶圈、压帽，至此温度接头防水系统安装完成。

2. 电源上电

本仪器采用 4 节 5 号 AA 碱性电池，打开仪器机箱后面板电池盖，将四节 AA 碱性电池按照机箱内指示的"＋"、"－"方向装入机箱，盖上电池盖，此时仪器应自动开机进入测量状态。

若电池装好后，仪器未工作，可按下"ON/OFF"键，仪器液晶将全显，2 秒后仪器自动进入测量工作状态。

3. 初次测量

取下电极前端的电极套，然后移动电极上部的胶皮护套，使氯化钾加液孔部分露出，以保持液位平衡。用蒸馏水清洗电极，确定在开机的状态下将电极插入缓冲溶液后，仪器在测量状态下计算 pH 值。

第一次使用或长期停用的 pH 电极，在使用前必须在 3mol/L 的氯化钾溶液中浸泡 24h。

4. 电极标定（二点标定法）

在任意选择 5 种 pH 缓冲溶液（如四、所示）中的两种溶液进行标定。

按"模式/测量"键，选择"STD"，把电极放入 pH 标准缓冲溶液 A 中，测量出 pH 值和温度值；然后将电极取出，重新用蒸馏水清洗干净，放入 pH 标准缓冲溶液 B 中，测量出 pH 值和温度值以及电极斜率，然后二点标定结束，退出"STD"状态，进行模式选择测量。

仪器响应示值与标准缓冲溶液的 pH 值之差不应大于 0.1，而且电极斜率值应符合表Ⅱ-1中要求。

表 Ⅱ-1　电极可能的斜率值解释

斜率	解　　释
98%～105%	电极的性能最好
94%～97%	较好的电极性能，这种特征的典型情况是电极已使用过一段时间。可用蒸馏水或适当清洗剂清洗电极，然后重新标定
90%～93%	电极应该用蒸馏水或适当清洗剂清洗，然后重新标定，如果斜率仍然较低，请使用新缓冲溶液重新标定，如果斜率仍然较低，则可把电极下端浸泡在 4%HF（氢氟酸）中 3～5s，用蒸馏水洗净，然后在 0.1mol/L 的盐酸溶液浸泡，使之更新

（二）测量

1. 采样

有毒有害物质的工业废水的采样点，设在车间（或处理设施）的排出口。含有一般有害物质的工业废水采样点，设在企业的排放口。

最好是现场测量，否则应在采样后把样品保持在 0～4℃，并在采样后 6h 内测量。

2. pH 测量

测定样品时，先用蒸馏水认真冲洗电极，再用水样冲洗，然后将电极浸入水样中，小心摇动或进行搅拌使其均匀，静置，待读数稳定时记录 pH 测量值。

3. 测量记录

三、注意事项

电极使用后，电极前端应用保护套封好，保护套内应放入少量氯化钾补充液，以保持电极球泡的湿润，同时请移动电极上部的胶皮护套，遮住氯化钾加液孔，以防氯化钾溶液溢出。

四、pH 值缓冲溶液的配制

1. pH 1.67 标准缓冲溶液　称取 GR 四草酸氢钾 2.61g 溶于 1000mL 重蒸馏水中。

2. pH 4.00 标准缓冲溶液　称取 GR 邻苯二甲酸氢钾 10.12g 溶于 1000mL 的重蒸馏水中。

3. pH 6.86 标准缓冲溶液　称取 GR 磷酸二氢钾 3.388g、GR 磷酸氢二钠 3.533g 溶于 1000mL 的重蒸馏水中。

4. pH 9.18 标准缓冲溶液　称取 GR 四硼酸钠 3.80g 溶于 1000mL 的重蒸馏水中。

5. pH 12.45 标准缓冲溶液　将大于 2g 过量氢氧化钙粉末加入盛有（约 5～10g/L）重蒸馏水的聚乙烯瓶中，激烈振荡 30min，取清液使用。

注意：pH 6.86 和 pH 9.18 标准缓冲溶液所用的蒸馏水必须用新蒸馏沸并冷却的蒸馏水（不含 CO_2）配制。

缓冲溶液的 pH 值与温度关系对照表见表 Ⅱ-2。

表 Ⅱ-2　缓冲溶液的 pH 值与温度关系对照表

温度/℃	草酸氢钾 （0.01mol/kg）	邻苯二甲酸氢钾 （0.01mol/kg）	磷酸盐 （0.01mol/kg）	四硼酸钠 （0.01mol/kg）	氢氧化钙 （25℃饱和）
15	1.672	3.998	6.900	9.276	12.810
20	1.675	4.001	6.881	9.225	12.627
25	1.679	4.005	6.865	9.180	12.454
30	1.683	4.011	6.853	9.139	12.289
35	1.688	4.018	6.844	9.102	12.133

附录Ⅲ　噪声监测

一、声环境功能区分类与企业噪声排放限值

根据地方环境主管部门的环境噪声功能区划分，可将声环境功能区划分为5类区域（表Ⅲ-1）。根据所要监测的工业企业法定边界所处环境的区域类别，其噪声排放限值应不超过表Ⅲ-1的规定。

表 Ⅲ-1　工业企业噪声排放限值　　　　　　　　　　dB（A）

声环境功能区	A类限值 a		B类限值 b	
	昼间	夜间	昼间	夜间
0 类区域	50	40	50	40
1 类区域	55	45	55	55
2 类区域	60	50	60	60
3、4 类区域	65	55	65	65

注：1. 夜间噪声排放最大声级不准超过本表中相应区域限值15dB。

2. 工业企业法定边界所处区域尚未划定声环境功能区类别，当其周围有噪声敏感建筑物或规划为噪声敏感建筑物用地时，其噪声排放限值按2类功能区要求。

3. 适于法定边界外有噪声敏感建筑物或规划为噪声敏感建筑物用地的工业企业。

4. 适于法定边界外无噪声敏感建筑物的工业企业。

5. 一般情况下，昼间指6:00～22:00的时段；夜间指22:00～次日6:00的时段。当地人民政府另有规定的按当地人民政府划定的时段执行

0类区域：指位于城市或乡村的康复疗养区、高级宾馆区、高级住宅区（别墅区），以及各级人民政府划定的野生动物保护区（指核心区和缓冲区）等特别需要安静的区域。

1类区域：指城市或乡村中以居民住宅、医疗卫生、文化教育、科研设计、行政办公为主等需要保持安静的地区，也包括自然或人文遗迹、野生动物保护区的实验区、非野生动物类型的自然保护区、风景名胜区、宗教活动场所、墓地陵园等具有特殊社会福利价值的需要保持安静的区域。

2类区域：指城市或乡村中以商业物流、集市贸易为主，或者工业、商业、居住混杂，需要维护住宅安静的区域。

3类区域：指城市或乡村中的工业、仓储集中区等，需要防止工业噪声对周围环境产生严重影响的区域。

4类区域：指交通干线两侧区域以及附属站、场、码头等，需要防止交通噪声对周围环境产生严重影响的区域。

二、工作地点噪声声级的卫生限值

工作场所操作人员每天连续接触噪声8h，噪声声级卫生限值为85dB（A）。对于操作人员每天接触噪声不足8h的场合，可根据实际接触噪声的时间，按接触时间减半、噪声声级卫生限值增加3dB（A）的原则，确定其噪声声级限值（表Ⅲ-2）。但最高限值不

得超过 115dB（A）。

表 Ⅲ-2　工作地点噪声声级的卫生限值

日接触噪声时间/h	卫生限值/dB(A)	日接触噪声时间/h	卫生限值/dB(A)
8	85	1/2	97
4	88	1/4	100
2	91	1/8	103
1	94		
最高不得超过 115dB(A)			

注：引自《工业企业设计卫生标准》GBZ 1—2002。

三、测量仪器

本次实习使用的测量仪器为 AWA6218B 型噪声统计分析仪（图Ⅲ-1）。

本仪器是一种袖珍式高智能化的噪声测量仪器，它集积分声级计、噪声统计分析仪、噪声剂量计等几种功能于一体，真正能符合 IEC804 或 GB/T 17181—1997 对 2 型积分声级计的要求。本仪器具有自动量程转换，点阵式液晶片带背景光显示，电池供电，操作简单，携带方便等特点。测量结果可长期保存在仪器内，最多可储存 495 组数据，通过内置 RS-232C 接口，可在现场或事后用微型打印机打印出来，或送到计算机中去。仪器结构紧凑、造型美观、功能多、自动化程度高，可用于环境噪声的测量，也可用于劳动保护，工业卫生及各种机器、车辆、船舶等工业噪声测量。

测量范围：30～130dB（A）。

图 Ⅲ-1　AWA6218B 型噪声统计分析仪

四、测量条件

（1）气象条件　测量应在无雨、无雪、风力为 5.5m/s 以下时进行。不得不在特殊气象条件下测量时，应采取必要措施保证测量精度，同时注明当时所采取的措施及气象情况。

（2）测量工况　测量应在被测声源正常工作时间进行，同时注明当时的工况。

（3）测量环境　测量应在背景噪声对测点位置干扰较小的声环境下进行。

五、步骤

1. 校准

仪器出厂时已经进行过校准与检定，所以在一般情况下不需要进行校准，但如长时间不用或更换传声器或测量规范中有要求的应进行校准。

AWA6218B 型统计分析仪的内部有一个 1kHz 的正弦电较准信号，用户在测量界面中把频率计权设定为"E"，经过 10s 预热后，仪器的瞬时声压级应显示为 94.0dB，说明仪器工作正常，如果不是，可以用小起子调节"校准电位器"。

2. 测点选择

（1）测点布设　根据工业企业声源、周围噪声敏感建筑物的布局以及毗邻的区域类别，应在工业企业法定边界布设多个测点，其中包括距噪声敏感建筑物较近以及受被测声源影响较大的位置。有噪声敏感建筑物、工业企业在法定边界外置有声源时，根据需要也应布设监测点位。

（2）测点位置　测点一般应选在工业企业法定边界外 1m，高度 1.2m 以上对应被测声源，距任一反射面不小于 1m 的位置。

当法定边界有围墙且周围有受影响的噪声敏感建筑物或规划为噪声敏感建筑物用地时，测点应选在法定边界外 1m，高于围墙 0.5m 以上的位置。

当法定边界无法测量到声源的实际排放，如声源位于高空、法定边界为声屏障且周围有噪声敏感建筑物时，在受影响的噪声敏感建筑物户外 1m 处测量。

被测声源处于法定边界外时，测点应选在距被测声源 1m 处。

当工业企业内部存在噪声敏感建筑物时，在受影响的噪声敏感建筑物户外 1m 处测量。

噪声源监测：测点在距被测声源 1m，距地面 1.2m 以上的位置。

3. 测量时间

被测声源是稳态噪声，采用 1min 的等效声级。

被测声源是非稳态噪声，测量被测声源正常工作时段内的等效声级，夜间同时测量最大声级。

4. 采样方式

仪器动态特性为"快"，采样间隔建议为 0.05s。

5. 突发性噪声的避开和剔除

在测量中出现突发性噪声，监测结果明显偏高，可以马上按下"瞬时值"按键，测量自动暂停并进入回忆功能显示界面，用上下键设定后退的采样个数设定到突发性噪声发生前，然后按下"删除"键，就把此后的突发性噪声剔除了，再按下"启动"键继续测量，到达设定的测量时间后就可自动停止下来。

六、背景噪声测量

测量环境：被测声源停止工作，其他声环境与声源测量时保持一致。

测量位置：与声源测量位置相同。

测量时间：与声源测量时间长度相同。

测量时段：与声源测量时段相近且测量时间间隔较短。

采样方式：仪器动态特性为"快"，采样间隔为 0.05s。

七、实验报告

1. 测量记录

在每一测点测量时，记录内容应主要包括：工业企业名称、区域类别、气象条件、测量仪器、测点位置、测量时段、测量时间、主要声源、测量结果、测量工况、示意图（含测点、声源、敏感建筑物等）及与测量有关的信息等。

2. 测量结果修正

背景噪声比所测量噪声值低 10dB（A）以上时，测量值可不做修正。

测量噪声与背景噪声值相差在 3～10dB（A）之间时，按表Ⅲ-3 进行修正。

表 Ⅲ-3 测量结果修正表 dB（A）

差值	3	4～5	6～10
修正值	-3	-2	-1

测量噪声与背景噪声值相差小于 3dB（A）时，测量结果可用测量值减 3dB（A）来定性表示。测量结果保留到整数位。

3. 结果报告

报告出瞬时声压级 L_P，等效连续声级 L_{eq}，统计声级 L_5、L_{10}、L_{50}、L_{90} 和 L_{95}，标准偏差 SD，最大声级 L_{max}，最小声级 L_{min}，声暴露级 L_{ae} 等指标。

八、仪器使用注意事项

（1）本次实习测量模式为统计分析模式，用"STA"进行标识；

（2）检查采样间隔的设定值。采样间隔设的太大可能会影响测量结果，建议设为 0.05s 以下；

（3）在有风的场合下进行测量时，可以使用风罩以降低风噪声的影响。

附录Ⅳ GPS 使用方法

一、GPS 介绍

全球定位系统（Global Positioning System，GPS）是美国自 20 世纪 70 年代开始研制，于 1994 年全面建成，具有海陆空进行全方位实时三维导航与定位能力的新一代卫星导航与定位系统。GPS 最初只是应用于军事领域，目前已被广泛应用于交通行业，大地测量、工程测量、航空摄影测量、运载工具导航和管制、地壳运动监测、工程变形监测、环境保护等领域。

1. GPS 系统的组成

GPS 系统由空间部分、地面监控部分和用户设备部分三大部分组成。

空间部分使用 24 颗（21 颗工作卫星、3 颗备用卫星）高度约 2.02×10^4 km 的卫星组成卫星星座，均为近圆形轨道，运行周期约为 11h58min，分布在六个轨道面上（每轨道面四颗），轨道倾角为 55°。卫星的分布使得在全球的任何地方、任何时间都可观测到四颗以上的卫星，并能保持良好定位解算精度的几何图形（DOP）。这就提供了在时间上连续的全球导航能力。

地面监控部分包括 5 个监控站、3 个注入站和 1 个主控站。监控站设有 GPS 用户接收机、原子钟、收集当地气象数据的传感器和进行数据初步处理的计算机，其主要任务是取得卫星观测数据并将这些数据传送至主控站。主控站对地面监控部分实行全面控制，其主要任务是收集各监控站对 GPS 卫星的全部观测数据，利用这些数据计算每颗 GPS 卫星的轨道和卫星钟改正值。注入站的任务主要是在每颗卫星运行至上空时把这类导航数据及主控站的指令注入到卫星。这种注入对每颗 GPS 卫星每天进行一次，并在卫星离开注入站作用范围之前进行最后的注入。

用户设备部分接收 GPS 卫星发射信号，以获得必要的导航和定位信息，经数据处理，完成导航和定位工作。GPS 接收机硬件一般由主机、天线和电源组成。我们现在所使用的就是用户设备部分（GPS 接收机）。

2. GPS 的基本定位原理

卫星不间断地发送自身的星历参数和时间信息，用户接收到这些信息后，经过计算求出接收机的三维位置、维方向以及运动速度和时间信息。它通过接受美国发射的 24 颗卫星中任意 3 颗以上卫星所发射的导航信号，可以在任何地点、任何时候准确地测量到物体瞬时的位置，确切地说是物体的经纬度、高度、速度等位置信息。

二、GPS 接收机

本次实习使用的 GPS 接收机为北京合众思壮科技有限责任公司代理的 GPS76 和 GPS72 接收机（图Ⅳ-1）。两款接收机均为新型的 12 通道 GPS 接收机，采用了内置的螺旋天线，前面板上分布有 9 个功能按键，下方为一个 6cm×4.5cm 的屏幕，显示各种测量信息。

GPS76（72）需要 2 节 1.5V 的 AA 电池，电池安装在接收机的后部，更换电池时储存的数据不会丢失。

1．按键及其功能

电源键：按住 2s 开机或关机。

翻页键：循环显示 5 个主页面。

缩放键："＋－"，在地图页面放大缩小显示的地图范围。

导航键：用于开始或停止导航。按住 2s，将会记录下当前位置，并立刻向这个位置导航。

退出键：反向循环显示 5 个主页面，或者终止某一操作退出到前一界面。

输入键：确认黑色光标所选择的选项功能。按住 2s 将会存储当前的位置。

图 Ⅳ-1　GPS76 和
GPS72 接收机

菜单键：打开当前页面的选项菜单。连续按下两次将打开主菜单。

方向键：键盘中央的圆形按键，用于上下左右移动黑色光标或者输入数据。

2．主要页面介绍

有 5 个主页面，分别是信息页面、地图页面、罗盘导航页面、公路导航页面和当前航线页面。按翻页键或者退出键就可以正向或者反向循环显示这些页面。

GPS 信息页面可以显示当前的导航数据、定位状态、GPS 卫星分布图、卫星信号强度、日期和时间以及坐标等信息。

三、GPS 定位操作

1．开机

把接收机拿到室外开阔的地点，尽量将机器竖直放置，同时保证天线部分不受遮挡，并可以看到开阔的可视天空。GPS 信号不能穿过岩石、建筑、人群、金属等障碍。因此，为了得到最佳效果，应尽量在天空开阔处使用。

按住红色的电源键并保持至开机，屏幕将显示开机欢迎画面和警告页面。

2．定位测量

按下翻页键后将进入 GPS 信息页面，当足够的卫星（一般需要 3 颗以上的卫星）被锁定时，接收机将计算出当前的位置。第一次使用大约需要 2min 左右定位，以后将只需要 15～45s 就可以定位。定位后，页面上部的状态栏中将显示"二维位置"或"三维位置"，页面下部将显示当前的坐标值。如果进入 GPS 信息页面后，没有进行任何的按键操作，机器在定位后将自动切换到地图页面。

3．保存当前位置

当完成定位后，可以让它记住任何一处的位置坐标，保存在机器中位置点，称之为"航点"。在任何页面中，只要按住输入键 2s，GPS76（72）都将立刻捕获当前的位置，并显示"标记航点"的页面，从数字 0001 开始为航点分配一个默认的名称。用户会发现当前黑色光标就在屏幕右下角的"确定"按钮上，按下输入键确认，当前位置将被存储在机器中。注意：接收机必须在"三维位置"的状态下才能保存当前位置的正确坐标。

4．关机

开机后再次按住红色电源键 2s，将关闭 GPS76（72）接收机。

四、注意事项

① 不要将 GPS 接收器放入火中；

② 不要摔打、敲击或者剧烈震动 GPS 接收器，以免损坏其中的电子器件；

③ 尽管 GPS 接收器的防水指标是水下 1m/0.5h，但不要长期将其放在有水或者潮湿的地方；

④ 请勿自行拆卸 GPS 接收器。

附录Ⅴ 中华人民共和国自然保护区条例

(国务院令第 167 号 1994 年 10 月 9 日)

第一章 总 则

第一条 为了加强自然保护区的建设和管理，保护自然环境和自然资源，制定本条例。

第二条 本条例所称自然保护区，是指对有代表性的自然生态系统、珍稀濒危野生动植物物种的天然集中分布区、有特殊意义的自然遗迹等保护对象所在的陆地、陆地水体或者海域，依法划出一定面积予以特殊保护和管理的区域。

第三条 凡在中华人民共和国领域和中华人民共和国管辖的其他海域内建设和管理自然保护区，必须遵守本条例。

第四条 国家采取有利于发展自然保护区的经济、技术政策和措施，将自然保护区的发展规划纳入国民经济和社会发展计划。

第五条 建设和管理自然保护区，应当妥善处理与当地经济建设和居民生产、生活的关系。

第六条 自然保护区管理机构或者其行政主管部门可以接受国内外组织和个人的捐赠，用于自然保护区的建设和管理。

第七条 县级以上人民政府应当加强对自然保护区工作的领导。

一切单位和个人都有保护自然保护区内自然环境和自然资源的义务，并有权对破坏、侵占自然保护区的单位和个人进行检举、控告。

第八条 国家对自然保护区实行综合管理与分部门管理相结合的管理体制。

国务院环境保护行政主管部门负责全国自然保护区的综合管理。

国务院林业、农业、地质矿产、水利、海洋等有关行政主管部门在各自的职责范围内，主管有关的自然保护区。

县级以上地方人民政府负责自然保护区管理的部门的设置和职责，由省、自治区、直辖市人民政府根据当地具体情况确定。

第九条 对建设、管理自然保护区以及在有关的科学研究中做出显著成绩的单位和个人，由人民政府给予奖励。

第二章 自然保护区的建设

第十条 凡具有下列条件之一的，应当建立自然保护区：

(一) 典型的自然地理区域、有代表性的自然生态系统区域以及已经遭受破坏但经保护能够恢复的同类自然生态系统区域；

(二) 珍稀、濒危野生动植物物种的天然集中分布区域；

(三) 具有特殊保护价值的海域、海岸、岛屿、湿地、内陆水域、森林、草原和荒漠；

(四) 具有重大科学文化价值的地质构造、著名溶洞、化石分布区、冰川、火山、温泉等自然遗迹；

（五）经国务院或者省、自治区、直辖市人民政府批准，需要予以特殊保护的其他自然区域。

第十一条　自然保护区分为国家级自然保护区和地方级自然保护区。

在国内外有典型意义、在科学上有重大国际影响或者有特殊科学研究价值的自然保护区，列为国家级自然保护区。

除列为国家级自然保护区的外，其他具有典型意义或者重要科学研究价值的自然保护区列为地方级自然保护区。地方级自然保护区可以分级管理，具体办法由国务院有关自然保护区行政主管部门或者省、自治区、直辖市人民政府根据实际情况规定，报国务院环境保护行政主管部门备案。

第十二条　国家级自然保护区的建立，由自然保护区所在省、自治区、直辖市人民政府或者国务院有关自然保护区行政主管部门提出申请，经国家级自然保护区评审委员会评审后，由国务院环境保护行政主管部门进行协调并提出审批建议，报国务院批准。

地方级自然保护区的建立，由自然保护区所在县、自治县、市、自治州人民政府或者省、自治区、直辖市人民政府有关自然保护区行政主管部门提出申请，经地方级自然保护区评审委员会评审后，由省、自治区、直辖市人民政府环境保护行政主管部门进行协调并提出审批建议，报省、自治区、直辖市人民政府批准，并报国务院环境保护行政主管部门和国务院有关自然保护区行政主管部门备案。

跨两个以上行政区域的自然保护区的建立，由有关行政区域的人民政府协商一致后提出申请，并按照前两款规定的程序审批。

建立海上自然保护区，须经国务院批准。

第十三条　申请建立自然保护区，应当按照国家有关规定填报建立自然保护区申报书。

第十四条　自然保护区的范围和界线由批准建立自然保护区的人民政府确定，并标明区界，予以公告。

确定自然保护区的范围和界线，应当兼顾保护对象的完整性和适度性，以及当地经济建设和居民生产、生活的需要。

第十五条　自然保护区的撤销及其性质、范围、界线的调整或者改变，应当经原批准建立自然保护区的人民政府批准。

任何单位和个人，不得擅自移动自然保护区的界标。

第十六条　自然保护区按照下列方法命名：

国家级自然保护区：自然保护区所在地地名加"国家级自然保护区"。

地方级自然保护区：自然保护区所在地地名加"地方级自然保护区"。

有特殊保护对象的自然保护区，可以在自然保护区所在地地名后加特殊保护对象的名称。

第十七条　国务院环境保护行政主管部门应当会同国务院有关自然保护区行政主管部门，在对全国自然环境和自然资源状况进行调查和评价的基础上，拟订国家级自然保护区发展规划，经国务院计划部门综合平衡后，报国务院批准实施。

自然保护区管理机构或者该自然保护区行政主管部门应当组织编制自然保护区的建设规划，按照规定的程序纳入国家的、地方的或者部门的投资计划，并组织实施。

第十八条　自然保护区可以分为核心区、缓冲区和实验区。

自然保护区内保存完好的天然状态的生态系统以及珍稀、濒危动植物的集中分布地，应当划为核心区，禁止任何单位和个人进入；除依照本条例第二十七条的规定经批准外，也不允许进入从事科学研究活动。

核心区外围可以划定一定面积的缓冲区，只准进入从事科学研究观测活动。

缓冲区外围划为实验区，可以进入从事科学试验、教学实习、参观考察、旅游以及驯化、繁殖珍稀、濒危野生动植物等活动。

原批准建立自然保护区的人民政府认为必要时，可以在自然保护区的外围划定一定面积的外围保护地带。

第三章 自然保护区的管理

第十九条 全国自然保护区管理的技术规范和标准，由国务院环境保护行政主管部门组织国务院有关自然保护区行政主管部门制定。

国务院有关自然保护区行政主管部门可以按照职责分工，制定有关类型自然保护区管理的技术规范，报国务院环境保护行政主管部门备案。

第二十条 县级以上人民政府环境保护行政主管部门有权对本行政区域内各类自然保护区的管理进行监督检查；县级以上人民政府有关自然保护区行政主管部门有权对其主管的自然保护区的管理进行监督检查。被检查的单位应当如实反映情况，提供必要的资料。检查者应当为被检查的单位保守技术秘密和业务秘密。

第二十一条 国家级自然保护区，由其所在地的省、自治区、直辖市人民政府有关自然保护区行政主管部门或者国务院有关自然保护区行政主管部门管理。地方级自然保护区，由其所在地的县级以上地方人民政府有关自然保护区行政主管部门管理。

有关自然保护区行政主管部门应当在自然保护区内设立专门的管理机构，配备专业技术人员，负责自然保护区的具体管理工作。

第二十二条 自然保护区管理机构的主要职责是：

（一）贯彻执行国家有关自然保护的法律、法规和方针、政策；

（二）制定自然保护区的各项管理制度，统一管理自然保护区；

（三）调查自然资源并建立档案，组织环境监测，保护自然保护区内自然环境和自然资源；

（四）组织或者协助有关部门开展自然保护区的科学研究工作；

（五）进行自然保护的宣传教育；

（六）在不影响保护自然保护区的自然环境和自然资源的前提下，组织开展参观、旅游等活动。

第二十三条 管理自然保护区所需经费，由自然保护区所在地的县级以上地方人民政府安排。国家对国家级自然保护区的管理，给予适当的资金补助。

第二十四条 自然保护区所在地的公安机关，可以根据需要在自然保护区设置公安派出机构，维护自然保护区内的治安秩序。

第二十五条 在自然保护区内的单位、居民和经批准进入自然保护区的人员，必须遵守自然保护区的各项管理制度，接受自然保护区管理机构的管理。

第二十六条 禁止在自然保护区内进行砍伐、放牧、狩猎、捕捞、采药、开垦、烧荒、开矿、采石、挖沙等活动；但是，法律、行政法规另有规定的除外。

第二十七条 禁止任何人进入自然保护区的核心区。因科学研究的需要，必须进入核心区从事科学研究观测、调查活动的，应当事先向自然保护区管理机构提交申请和活动计划，并经省级以上人民政府有关自然保护区行政主管部门批准；其中，进入国家级自然保护区核心区的，必须经国务院有关自然保护区行政主管部门批准。

自然保护区核心区内原有居民确有必要迁出的，由自然保护区所在地的地方人民政府予以妥善安置。

第二十八条　禁止在自然保护区的缓冲区开展旅游和生产经营活动。因教学科研的目的，需要进入自然保护区的缓冲区从事非破坏性的科学研究、教学实习和标本采集活动的，应当事先向自然保护区管理机构提交申请和活动计划，经自然保护区管理机构批准。

从事前款活动的单位和个人，应当将其活动成果的副本提交自然保护区管理机构。

第二十九条　在国家级自然保护区的实验区开展参观、旅游活动的，由自然保护区管理机构提出方案，经省、自治区、直辖市人民政府有关自然保护区行政主管部门审核后，报国务院有关自然保护区行政主管部门批准；在地方级自然保护区的实验区开展参观、旅游活动的，由自然保护区管理机构提出方案，经省、自治区、直辖市人民政府有关自然保护区行政主管部门批准。

在自然保护区组织参观、旅游活动的，必须按照批准的方案进行，并加强管理；进入自然保护区参观、旅游的单位和个人，应当服从自然保护区管理机构的管理。

严禁开设与自然保护区保护方向不一致的参观、旅游项目。

第三十条　自然保护区的内部未分区的，依照本条例有关核心区和缓冲区的规定管理。

第三十一条　外国人进入地方级自然保护区的，接待单位应当事先报经省、自治区、直辖市人民政府有关自然保护区行政主管部门批准；进入国家级自然保护区的，接待单位应当报经国务院有关自然保护区行政主管部门批准。

进入自然保护区的外国人，应当遵守有关自然保护区的法律、法规和规定。

第三十二条　在自然保护区的核心区和缓冲区内，不得建设任何生产设施。在自然保护区的实验区内，不得建设污染环境、破坏资源或者景观的生产设施；建设其他项目，其污染物排放不得超过国家和地方规定的污染物排放标准。在自然保护区的实验区内已经建成的设施，其污染物排放超过国家和地方规定的排放标准的，应当限期治理；造成损害的，必须采取补救措施。

在自然保护区的外围保护地带建设的项目，不得损害自然保护区内的环境质量；已造成损害的，应当限期治理。

限期治理决定由法律、法规规定的机关作出，被限期治理的企业事业单位必须按期完成治理任务。

第三十三条　因发生事故或者其他突然性事件，造成或者可能造成自然保护区污染或者破坏的单位和个人，必须立即采取措施处理，及时通报可能受到危害的单位和居民，并向自然保护区管理机构、当地环境保护行政主管部门和自然保护区行政主管部门报告，接受调查处理。

第四章　法律责任

第三十四条　违反本条例规定，有下列行为之一的单位和个人，由自然保护区管理机构责令其改正，并可以根据不同情节处以100元以上5000元以下的罚款：

（一）擅自移动或者破坏自然保护区界标的；

（二）未经批准进入自然保护区或者在自然保护区内不服从管理机构管理的；

（三）经批准在自然保护区的缓冲区内从事科学研究、教学实习和标本采集的单位和个人，不向自然保护区管理机构提交活动成果副本的。

第三十五条　违反本条例规定，在自然保护区进行砍伐、放牧、狩猎、捕捞、采药、开垦、烧荒、开矿、采石、挖沙等活动的单位和个人，除可以依照有关法律、行动法规规定给予处罚的以外，由县级以上人民政府有关自然保护区行政主管部门或者其授权的自然保护区管理机构没收违法所得，责令停止违法行为，限期恢复原状或者采取其他补救措施；对自然保护区造成破坏的，可以处以 300 元以上 10000 元以下的罚款。

第三十六条　自然保护区管理机构违反本条例规定，拒绝环境保护行政主管部门或者有关自然保护区行政主管部门监督检查，或者在被检查时弄虚作假的，由县级以上人民政府环境保护行政主管部门或者有关自然保护区行政主管部门给予 300 元以上 3000 元以下的罚款。

第三十七条　自然保护区管理机构违反本条例规定，有下列行为之一的，由县级以上人民政府有关自然保护区行政主管部门责令限期改正；对直接责任人员，由其所在单位或者上级机关给予行政处分。

（一）未经批准在自然保护区开展参观、旅游活动的；

（二）开设与自然保护区保护方向不一致的参观、旅游项目的；

（三）不按照批准的方案开展参观、旅游活动的。

第三十八条　违反本条例规定，给自然保护区造成损失的，由县级以上人民政府有关自然保护区行政主管部门责令赔偿损失。

第三十九条　妨碍自然保护区管理人员执行公务的，由公安机关依照《中华人民共和国治安管理处罚条例》的规定给予处罚；情节严重，构成犯罪的，依法追究刑事责任。

第四十条　违反本条例规定，造成自然保护区重大污染或者破坏事故，导致公私财产重大损失或者人身伤亡的严重后果，构成犯罪的，对直接负责的主管人员和其他直接责任人员依法追究刑事责任。

第四十一条　自然保护区管理人员滥用职权、玩忽职守、徇私舞弊，构成犯罪的，依法追究刑事责任；情节轻微，尚不构成犯罪的，由其所在单位或者上级机关给予行政处分。

第五章　附　　则

第四十二条　国务院有关自然保护区行政主管部门可以根据本条例，制定有关类型自然保护区的管理办法。

第四十三条　各省、自治区、直辖市人民政府可以根据本条例，制定实施办法。

第四十四条　本条例自 1994 年 12 月 1 日起施行。

附录Ⅵ 黄河河口管理办法

（水利部令第 21 号）

《黄河河口管理办法》已经 2004 年 10 月 10 日水利部部务会议审议通过，现予公布，自 2005 年 1 月 1 日起施行。

部长　汪恕诚

2004 年 11 月 30 日

第一章 总 则

第一条　为加强黄河河口管理，保障黄河防洪、防凌安全，促进黄河河口地区经济社会可持续发展，根据《中华人民共和国水法》、《中华人民共和国防洪法》和《中华人民共和国河道管理条例》等法律、法规，制定本办法。

第二条　在黄河河口黄河入海河道管理范围内进行治理开发及管理活动，适用本办法。

前款所称黄河河口，是指以山东省东营市垦利县宁海为顶点，北起徒骇河口，南至支脉沟河口之间的扇形地域以及划定的容沙区范围；黄河入海河道是指清水沟河道、刁口河故道以及黄河河口综合治理规划或者黄河入海流路规划确定的其他以备复用的黄河故道。

第三条　黄河河口的治理与开发，应当遵循统一规划、除害与兴利相结合、开发服从治理、治理服务开发的原则，保持黄河入海河道畅通，改善生态环境。

第四条　黄河水利委员会及其所属的黄河河口管理机构按照规定的权限，负责黄河河口黄河入海河道管理范围内治理开发活动的统一管理和监督检查工作。

第五条　黄河水利委员会及其所属的黄河河口管理机构以及有关部门和单位，应当运用现代科学技术，加强河口演变规律、河口治理措施、河口生态环境保护对策措施以及水沙资源利用的研究，不断提高科学治河水平。

第二章 河口规划

第六条　黄河河口综合治理规划由国务院水行政主管部门会同国务院有关部门和山东省人民政府，根据黄河流域综合规划编制，报国务院或者其授权的部门批准。

黄河河口综合治理规划是黄河河口治理、开发和保护的基本依据。

黄河河口综合治理规划批准前，经批准的黄河入海流路规划是黄河河口治理、开发和保护的依据。

第七条　修改黄河河口综合治理规划，应当按照规划编制程序经原批准机关批准。

第八条　黄河河口综合治理规划，应当与黄河河口地区国民经济和社会发展规划以及土地利用总体规划、海洋功能区划、城市总体规划和环境保护规划相协调。

第九条　在黄河河口进行城市、工业、交通、农业、渔业、牧业等建设，必须符合黄河河口综合治理规划或者黄河入海流路规划，不得对流路和泥沙入海形成障碍。

第十条　黄河河口入海流路淤积延伸出的土地属于国家所有，由县级以上地方人民政府根据黄河河口综合治理规划或者黄河入海流路规划统一管理。

第三章　入海河道管理范围的划定

第十一条　有堤防的黄河入海河道，其管理范围为两岸堤防之间的水域、沙洲、滩地（包括可耕地）、两岸堤防及护堤地，由黄河水利委员会所属的黄河河口管理机构会同县级以上地方人民政府划定。其中，护堤地的宽度从堤脚算起，有淤临、淤背区的堤段从其坡脚算起，并应当依照下列标准划定：

（一）北大堤、南大堤、防洪堤临河、背河各五十米；

（二）东大堤、民坝临河七米、背河十米。

堤防护堤地地面淤高后，其宽度应维持原地面高程所划定的边界不变；大堤加培加固后，护堤地相应外延。

第十二条　无堤防的黄河入海河道，其管理范围由黄河水利委员会所属的黄河河口管理机构会同县级以上地方人民政府，根据历史最高洪水位或者设计洪水位，依照下列标准划定：

（一）清水沟河道左岸自北大堤末端至清水沟北股河口（北纬 37°57′02″，东经 119°00′10″），右岸自防洪堤末端至宋春荣沟河口（北纬 37°35′39″，东经 118°57′14″）之间的容沙区；

（二）刁口河河道左岸自民坝末端至挑河河口（北纬 38°00′31″，东经 118°33′02″），右岸自东大堤末端至神仙沟河口（北纬 38°02′15″，东经 118°56′49″）之间的容沙区。

第十三条　其他以备复用的黄河故道，其管理范围为改道前划定的管理范围。

第四章　入海河道的保护

第十四条　在清水沟河道和刁口河故道管理范围内禁止下列活动：

（一）修建围堤、隔堤、阻水渠道、阻水道路等工程、生产设施；

（二）在清水沟河道管理范围内种植阻碍行洪（凌）的林木和高秆作物；

（三）弃置矿渣、石渣、煤灰、泥土、垃圾等；

（四）在堤防和护堤地上建房、放牧、开渠、打井、挖窖、葬坟、存放物料、开采地下资源、进行考古发掘以及开展集市贸易活动等；

（五）损坏堤防上的设施、标志桩、水文和测量标志以及通信、铁路等附属设施；

（六）清洗装贮过油类或者有毒污染物的车辆、容器。

第十五条　在清水沟河道和刁口河故道管理范围内进行下列活动，应当报经黄河水利委员会或者其所属的黄河河口管理机构批准：

（一）爆破、钻探；

（二）在河道滩地安排货场存放物料；

（三）在河道滩地开采地下资源及进行考古发掘。

从事挖河、开渠、堵复河汊、筑堤围地、筑堤蓄水以及其他影响防洪、防凌安全的活动。

第十六条　在清水沟河道和刁口河故道管理范围内采砂、取土的，应当按照国家有关规定报经黄河水利委员会或者其所属的黄河河口管理机构批准。

在清水沟河道和刁口河故道管理范围内采砂、取土，不得影响河势稳定和危及河道工程安全。黄河水利委员会应当划定禁采区和规定禁采期，并予以公告。

第十七条　在清水沟河道和刁口河故道管理范围内，从事河道整治以及建设跨河、穿河、穿堤、临河的桥梁、码头、渡口、道路、管道、缆线、取水、排水、排污、海岸防护整治工程等各类建筑物、构筑物，由黄河水利委员会及其所属的黄河河口管理机构，按照河道管理范围内建设项目管理等有关规定实施管理。

第十八条　清水沟河道管理范围内已修建的本办法第十七条所列工程设施，出现影响河道行水、输沙、泄洪、排凌的，原工程建设单位或主管部门应当按照黄河水利委员会或者其所属的黄河河口管理机构的要求，进行改建或者拆除，并承担费用。

第十九条　清水沟河道和刁口河故道管理范围内已修建的建设项目设计使用年限期满后，影响黄河防洪和占用河道、水工程及其附属设施的部分，有关单位或者个人应当及时拆除，恢复原状。确需超期使用的，有关单位或者个人应当按照河道管理范围内建设项目管理等规定重新办理审查手续。

第二十条　刁口河故道以及黄河河口综合治理规划或者黄河入海流路规划确定的其他以备复用的黄河故道管理范围内的建设项目的建设，不得影响备用河道的使用。

对已经修建的建设项目，由黄河水利委员会所属的黄河河口管理机构登记备案。对影响备用河道使用的建设项目和阻水林木，黄河水利委员会或者其所属的黄河河口管理机构应当责令建设或者使用单位在备用河道启用前予以改建、拆除或者清除。

第二十一条　黄河河口综合治理规划或者黄河入海流路规划确定的其他以备复用的黄河故道应当保持原状，不得擅自开发利用。确需开发利用的，应当报经黄河水利委员会所属的黄河河口管理机构批准。开发利用活动造成黄河故道损坏或淤积的，由责任者负责修复、清淤，并承担费用。

第五章　河道整治与建设

第二十二条　黄河入海河道整治与建设，应当服从黄河河口综合治理规划或者黄河入海流路规划，符合国家规定的防洪标准等有关技术要求。

第二十三条　黄河入海河道的治理工程，应当纳入国家基本建设计划，按照基本建设程序统一组织实施。

第二十四条　黄河水利委员会及其所属的黄河河口管理机构应当根据黄河河口综合治理规划或者黄河入海流路规划，对现行的清水沟河道进行清淤疏浚，延长其使用年限。

第六章　工程管理与维护

第二十五条　黄河入海河道管理范围内的引黄涵闸、大堤、险工及控导（护滩）等防洪工程以及入海河道治理工程，需要由黄河水利委员会所属的黄河河口管理机构统一管理的，须经黄河水利委员会报国务院水行政主管部门批准。

按照前款规定由黄河水利委员会所属的黄河河口管理机构统一管理的工程，其维修养护岁修资金，按照国务院办公厅转发的《水利工程管理体制改革实施意见》的规定筹集。

其他各类工程设施，由建设单位自行管理维护，黄河水利委员会或者其所属的黄河河口管理机构有权对其防汛和运行情况进行监督检查。

第二十六条　刁口河故道以及黄河河口综合治理规划或者黄河入海流路规划确定的其他以备复用的黄河故道管理范围内原有的防洪工程设施及防汛储备物料，由黄河水利委员会所属的黄河河口管理机构统一管理使用，任何单位和个人不得侵占或者破坏。

第七章　罚　　则

第二十七条　对违反本办法规定的行为，由黄河水利委员会或者其所属的黄河河口管理机构依照有关法律法规的规定采取行政措施，给予行政处罚。

第二十八条　黄河水利委员会或者其所属的黄河河口管理机构及其工作人员不依法履行管理和监督检查职责，或者发现违法行为不予查处的，对负有责任的主管人员和其他直接责任人员，依法给予行政处分；构成犯罪的，依法追究刑事责任。

第八章　附　　则

第二十九条　本办法所称容沙区，是指黄河河口综合治理规划或者黄河入海流路规划确定的、无堤防控制以下河道至浅海区需要沉沙的区域。

前款所称浅海区，由山东省海洋行政主管部门和黄河水利委员会所属的黄河河口管理机构共同组织划定，并报经山东省人民政府批准。

第三十条　本办法由国务院水行政主管部门负责解释。

第三十一条　本办法自 2005 年 1 月 1 日起施行。

附录Ⅶ　拉姆萨尔湿地公约

《关于特别是作为水禽栖息地的国际重要湿地公约》（《湿地公约》文本）（1971年2月2日订于拉姆萨尔，经1982年3月12日议定书修正）

各缔约国，承认人类同其环境的相互依存关系；考虑到湿地的调节水分循环和维持湿地特有的动植物特别是水禽栖息地的基本生态功能；相信湿地为具有巨大经济、文化、科学及娱乐价值的资源，其损失将不可弥补；期望现在及将来阻止湿地的被逐步侵蚀及丧失；承认季节性迁徙中的水禽可能超越国界，因此应被视为国际性资源；确信远见卓识的国内政策与协调一致国际行动相结合能够确保对湿地及其动植物的保护；兹协议如下：

第一条

1. 为本公约的目的，湿地系指不问其为天然或人工、常久或暂时之沼泽地、湿原、泥炭地或水域地带，带有或静止或流动、或为淡水、半咸水或咸水水体者，包括低潮时水深不超过6m的水域。

2. 为本公约的目的，水禽系指生态学上依赖于湿地的鸟类。

第二条

1. 各缔约国应指定其领域内的适当湿地列入由依第八条所设管理局保管的国际重要湿地名录，下称"名录"。每一湿地的界线应精确记述并标记在地图上，并可包括邻接湿地的河湖沿岸、沿海区域以及湿地范围的岛域或低潮时水深不超过6m的水域，特别是当其具有水禽栖息地意义时。

2. 选入名录的湿地应根据其在生态学上、植物学上、湖沼学上和水文学上的国际意义。首先应选入在所有季节对水禽具有国际重要性的湿地。

3. 选入名录的湿地不妨碍湿地所在地缔约国的专属主权权利。

4. 各缔约国按第九条规定签署本公约或交存批准书或加入书时，应至少指定一处湿地列入名录。

5. 任何缔约国应有权将其境内的湿地增列入名录，扩大已列入名录的湿地的界线或由于紧急的国家利益将已列入名录的湿地撤销或缩小其范围，并应尽早将任何上述变更通知第八条规定的负责执行局职责的有关组织或政府。

6. 各缔约国在指定列入名录的湿地时或行使变更名录中与其领土内湿地有关的记录时，应考虑其对水禽迁徙种群的养护、管理和合理利用的国际责任。

第三条

1. 缔约国应制定并实施其计划以促进已列入名录的湿地的养护并尽可能地促进其境内湿地的合理利用。

2. 如其境内的及列入名录的任何湿地的生态特征由于技术发展、污染和其他类干扰而已经改变、正在改变或将可能改变，各缔约国应尽早相互通报。有关这些变化的情况，应不延迟地转告按第八条所规定的负责执行局职责的组织或政府。

第四条

1. 缔约国应设置湿地自然保护区，无论该湿地是否已列入名录，以促进湿地和水禽的养护并应对其进行充分的监护。

2. 缔约国因其紧急的国家利益需对已列入名录的湿地撤销或缩小其范围时，应尽可能地补偿湿地资源的任何丧失，特别是应为水禽及保护原栖息地适当部分而在同一地区或在其他地方设立另外的自然保护区。

3. 缔约国应鼓励关于湿地及其动植物的研究及数据资料和出版物的交换。

4. 缔约国应努力通过管理增加适当湿地上水禽数量。

5. 缔约国应促进能胜任湿地研究、管理及监护人员的训练。

第五条

缔约国应就履行本公约的义务相互协商，特别是当一片湿地跨越一个以上缔约国领土或多个缔约国共处同一水系时。同时，他们应尽力协调和支持有关养护湿地及其动植物的现行和未来政策与规定。

第六条

1. 缔约国应在必要时召集关于养护湿地和水禽的会议。

2. 这种会议应是咨询性的并，除其他外，有权：

A. 讨论本公约的实施情况；

B. 讨论名录之增加和变更事项；

C. 审议关于依第三条第 2 款所规定的列入名录湿地生态学特征变化的情况；

D. 向缔约国提出关于湿地及其动植物的养护、管理和合理利用的一般性或具体建议；

E. 要求有关国际机构就影响湿地、本质上属于国际性的事项编制报告和统计资料。

3. 缔约国应确保对湿地管理负有责任的各级机构知晓并考虑上述会议关于湿地及其动植物的养护、管理和合理利用的建议。

第七条

1. 缔约国出席这种会议的代表，应包括以其科学、行政或其他适当职务所获得知识和经验而成为湿地或水禽方面专家的人士。

2. 出席会议的每一缔约国均应有一票表决权，建议所投票数的简单多数通过，但须不少于半数的缔约国参加投票。

第八条

1. 保护自然和自然资源国际联盟应履行本公约执行局的职责，直到全体缔约国多数委派其他组织或政府时止。

2. 执行局职责除其他外，应为：

A. 协助召集和组织第六项规定的会议；

B. 保管国际重要湿地名录并接受缔约国根据第二条第 5 款的规定对已列入名录的湿地增加、扩大、撤销或缩小的通知；

C. 接受缔约国根据第三条第 2 款规定对已列入名录的湿地的生态特征发生任何变化的通知；

D. 将名录的任何改变或名录内湿地特征的变化通知所有的缔约国，并安排这些事宜在下次会议上讨论；

E. 将会议关于名录变更或名录内湿地特征变化的建议告知各有关缔约国。

第九条

1. 本公约将无限期开放供签署。

2. 联合国或某一专门机构、国际原子能机构的任一成员国或国际法院的规约当事国均可以下述方式成为本公约的缔约方：

　　A. 签署无须批准；

　　B. 签署有待批准，随后再予批准；

　　C. 加入。

　　3. 批准或加入应以向联合国教育科学及文化组织的总干事（以下简称"保存机关"）交存批准或加入文书为生效。

第十条之一

　　1. 本公约应自七个国家根据第九条第 2 款成为本公约缔约国四个月后生效。

　　2. 此后，本公约应在其签署无须批准或交存批准书或加入书之日后四个月对各缔约国生效。

第十条之二

　　1. 公约可按照本条在为此目的召开的缔约国会议上予以修正。

　　2. 修正建议可以由任何缔约国提出。

　　3. 所提修正案文及其理由应提交给履行执行局职责的组织或政府（以下称为执行局）并立即由执行局转送所有缔约国。缔约国对案文的任何评论应在执行局将修正案转交缔约国之日三个月内交给执行局。执行局应于提出交评论最后一日立即将至该日所提交的所有评论转交各缔约国。

　　4. 审议按照第 3 款所转交的修正案的缔约国会议应由执行局根据 1/3 缔约国的书面请求召集。执行局应就会议的时间和地点同缔约国协商。

　　5. 修正案以出席并参加投票缔约国 2/3 多数通过。

　　6. 通过的修正案应于 2/3 缔约国向保存机关交存接受书之日后第四个月第一天对接受的缔约国生效。对在 2/3 的缔约国交存接受书之后交存接受书的缔约国，修正案应于其交存接受书之日后第四个月第一天生效。

第十一条

　　1. 本公约将无限期有效。

　　2. 任何缔约国可以于公约对其生效之日起五年后以书面通知保存机关退出本公约。退出应于保存机关收到退出通知之日后四个月生效。

第十二条

　　1. 保存机关应尽快将以下事项通知签署和加入本公约的所有国家：

　　A. 公约的签署；

　　B. 公约批准书的交存；

　　C. 公约加入书的交存；

　　D. 公约的生效日期；

　　E. 退出公约的通知。

　　2. 一俟本公约开始生效，保存人应按照联合国宪章第一百零二条将本公约向联合国秘书处登记。

下列签字者经正式授权，谨签字于本公约，以资证明。

生效时间

1971 年 2 月 2 日订于拉姆萨尔，正本一份，以英文、法文、德文和俄文写成，所有文本具有同等效力，保存于保存机关，保存机关应将核证无误副本分送所有缔约国。

参 考 文 献

[1] 栾玉广. 自然科学技术研究方法. 合肥：中国科学技术大学出版社，2003.

[2] 徐长山，王德胜. 科学研究艺术. 北京：解放军出版社，2003.

[3] 张明泉等. 环境科学专业各实践教学环节的内容与方法研究. 高等理科教育，2003（5）.

[4] 叶文虎. 环境管理学. 北京：高等教育出版社，2000.

[5] 詹鲲，薛万栋等. 油田企业环境保护. 北京：石油工业出版社，2004.

[6] 胜利油田介绍. http://www.slof.com/html/static/ytis/ytjs_1.htm.

[7] 吴元燕，吴胜和，蔡正旗等. 油矿地质学. 北京：石油工业出版社，2005.

[8] 朱法华. 电力工业发展与环境保护. 电力环境保护，2006，22（5）：1-7.

[9] 李倩，张婷婷. 浅谈火电厂对环境的影响——以鄂州火电厂为例. 中国高新技术企业，2007，（4）：176.

[10] 高翔，骆仲泱，林永明等. 火电厂大气污染物排放现状及烟气脱硫脱硝技术. 2004年中国国际脱硫脱硝技术与设备展览会暨技术研讨会，2004.

[11] 多金环. 石油化工行业主要环境问题及建议. 环境保护，2007，（6）：49-51.

[12] 刘春平. 我国石油炼制企业清洁生产措施分析. 石油化工环境保护，2005，8（3）：1-6.

[13] 林学钰，王金生等. 黄河流域地下水资源极其可更新能力研究. 郑州：黄河水利出版社，2006.

[14] 包晓斌. 中国流域环境综合管理研究. 中国农村经济，2004，（1）.

[15] 姚文艺. 近年来黄河洪水变化特点及防洪情势展望. 黄河报黄河网，2008.7.

[16] 崔庆瑞，石怀伦，王垂井. 黄河防洪新理念刍议. 治黄科技信息，2009，（3）.

[17] 《东营市水利志》编纂委员会. 东营市水利志. 北京：红旗出版社，2003.

[18] 刘斌，刘立斌. 近期黄河口治理存在的问题及其对策建议. 水信息网，2003.5.21.

[19] 李殿魁，杨玉珍，程义吉. 延长黄河口清水沟流路行水年限的研究. 郑州：黄河水利出版社，2002.

[20] 程义吉. 黄河口研究与治理实践. 郑州：黄河水利出版社，2001.

[21] 何庆成. 黄河断流及其对河口区（黄河三角洲）地质环境的影响. 中国地质灾害与防治学报，1998，9（增刊）：392-398.

[22] 薛松贵等. 黄河流域水资源管理. 中英流域水资源管理综合研讨会，2002.

[23] 李希宁. 黄河治理与科学研究. 郑州：黄河水利出版社，2006.

[24] 赵安平. 黄河河口治理措施浅探. 中华园林网，2007.6.2.

[25] 杨立凯. 黄河断流对黄河三角洲地区农业生态环境的影响及对策. 中国环境管理，2005（9）：27-30.

[26] GB/T 14529—93，自然保护区类型与级别划分原则.

[27] 国务院令第167号1994年10月9日，中华人民共和国自然保护区条例.

[28] 李吉祥，山东黄河三角洲国家级自然保护区. 生物学通报，1997，（5）.

[29] 屈遐. 我国自然保护区发展态势良好. 中国环境报，2000.12.30.

[30] 汪娟，李希昆. 我国自然保护区管理体制的缺失与完善. 2004年中国法学会环境资源法学研究会年会论文集，2004.

[31] 严冰. 中国湿地总面积亚洲第一. 大庆社会科学，2008，（2）：54.

[32] 邹益雄. 中国湿地研究利用概述. 现代农业，2007，（4）：82-83.

[33] 国务院批准规划. 《全国湿地保护工程规划》.

[34] 白冰. 我国湿地保护面临六大威胁. 环境经济，2005，（3）：59.

[35] 石园，周青. 中国湿地的生态问题及保护对策. 中国农学通报，2006，22（6）：337-340.

[36] 李虎军. 保卫黄河三角洲. 财经，2007.11.12.

[37] 尹永铸. 黄河三角洲：湿地与能源的博弈. 经济观察报，2007.6.4.

[38] 张晓龙. 现代黄河三角洲滨海湿地环境演变及退化研究［D］. 青岛：中国海洋大学，2005.

[39] 中华人民共和国国家标准. 科学技术报告、学位论文和学术论文的编写格式.

[40] 赵信等. 毕业论文与毕业设计指南. 吉林：吉林省教育音像出版社，1999.